アオハル100%《パーセント》

行動《こうどう》しないと青春《せいしゅん》じゃないぜ

無月《むつき》 蒼《あお》・作
水玉子《みずたまこ》・絵

角川つばさ文庫

もくじ

キャラクター紹介《しょうかい》

火花《ひばな》ほむら

スケボーが趣味《しゅみ》の元気少女《げんきしょうじょ》。
フツーにしてても「**目立《めだ》つ！**」と
言《い》われちゃうのが
コンプレックス。

久留見《くるみ》ユウ

ほむらと同《おな》じ1年《ねん》2組《くみ》。
教室《きょうしつ》ではほとんどしゃべらない
「**めだたない人《ひと》**」だけど、
じつは!?

冬樹千鶴《ふゆきちづる》

ほむらと中学《ちゅうがく》から親《した》しくなった子《こ》。
さっぱりしていてつきあいやすい。

折笠早苗《おりがささなえ》

ほむらの幼《おさな》なじみで
「もと」親友《しんゆう》。**ある事件《じけん》**から
気《き》まずいミゾが…。

＼って？／

#アオハルチャレンジ

「青春《せいしゅん》仕掛《しか》け人《にん》」さんが気《き》まぐれに出《だ》す「お題《だい》」にチャレンジして、動画《どうが》や写真《しゃしん》をSNS《エスエヌエス》にポストするの。
チャレンジャー同士《どうし》でコメントしあったり。
ただそれだけのことなんだけど、やってみたらわかるよ。

すごく楽《たの》しいんだ！

もちウサギのSNSまめちしきついてるもち！

1 #チャレンジしてみる？

授業《じゅぎょう》が終《お》わった、中学校《ちゅうがっこう》の放課後《ほうかご》。

部室棟《ぶしつとう》の一室《いっしつ》で、わたし、火花《ひばな》ほむらは、自分《じぶん》にスマホのカメラをむけていた。

「うーん、こんなもんかなあ？　こうかな？」

ただいま自撮《じど》りの真《ま》っ最中《さいちゅう》。

だけどポーズがなかなか決《き》まらなくて、さっきから撮《と》っては消《け》してをくり返《かえ》している。

映《ば》える写真《しゃしん》を撮《と》るって、むずかしい！

「これもなんかちがうなあ……ねえ、クルミくんはどう思《おも》う？」

わたしが意見《いけん》を求《もと》めたのは、猫《ねこ》みたいなクセッ毛《け》の男《おとこ》の子《こ》。

久留見《くるみ》ユウくん。

彼《かれ》は座《すわ》っていたイスから立《た》ちあがると、となりにやってきて、わたしのスマホの画面《がめん》をのぞく。

「うーん、そうだね。開《あ》いた窓《まど》を背《せ》にしてみたらどうかな？　光《ひかり》のかげんで開放感《かいほうかん》が出《で》て、明《あか》るい感《かん》じになるかも」

「いいね、それやってみる。あ、クルミくんもいっしょに入《はい》って」

「え、オレも？」

「うん、だって今日《きょう》の#アオハルチャレンジ　のお題《だい》は、#学校《がっこう》でなかよしツーショット　なんだから」

スマホの画面《がめん》に２人《ふたり》とも映《うつ》るようカメラをこっちにむけて、クルミくんのとなりに立《た》つ。

「もうちょっと近《ちか》くにいってもいいかな？」

「あ、うん。いいよ」

「なかよしって……こんな感《かん》じかな。そうだ、ポーズをそろえてみたらいいかも」

「えっと、こうかな？」

「うん、ＯＫ《オーケー》。じゃあ撮《と》るよー！」

パシャ！

シャッターを切《き》って、さっそく撮《と》れた写真《しゃしん》を確認《かくにん》してみたら……あれ？

「……ごめん。なんかオレ、変《へん》な顔《かお》だ」

あやまってくるクルミくん。

そう、わたしのほうはちゃんと笑《わら》えてたんだけど、問題《もんだい》はクルミくん。

なんか、ちょっとひきつっちゃってる。

「だ、だいじょうぶ、ヘンじゃないよ。それに、顔《かお》はスタンプでかくしちゃうし」

そう。

わたしが写真《しゃしん》を撮《と》ってたのは、SNS《エスエヌエス》にポストするため。

どっちにしても、アプリで加工《かこう》して顔《かお》はかくすつもりだったから、ぜんぜん平気《へいき》。

だけど……。

「……ごめんね、クルミくん。もしかして無理《むり》につきあわせちゃった？」

わたしは、おそるおそるクルミくんにきく。

本当《ほんとう》はいやなのに、わたしが強引《ごういん》にさそったから写《うつ》ってくれたのかなって、心配《しんぱい》になったけど。

でもクルミくんは、ぷるぷるっとクセッ毛《け》をゆらした。

「そんなことないよ。オレが、表情《ひょうじょう》ヘタなだけだから……火花《ひばな》さんと写真《しゃしん》を撮《と》るのは、楽《たの》しい」

……わ。


SNSに、文章《ぶんしょう》や写真《しゃしん》を投稿《とうこう》することを「ポストする」っていうもちよ。

もちウサギの SNSまめちしき

さっきとはちがって、小《ちい》さいけど、本心《ほんしん》が伝《つた》わるような、かわいくてあたたかな笑顔《えがお》！
それを見《み》た瞬間《しゅんかん》、わたしはぎゅっとこぶしをにぎりそうになる。
こ、これだよ！
この笑顔《えがお》、撮《と》りたかったー！
わたしだって、男子《だんし》を「かわいい」なんてふつうは言《い》わない。
けど、クルミくんのことは、なぜかそんなふうに思《おも》っちゃうんだ。
――きっと彼《かれ》がこんなふうに笑《わら》うって、知《し》ってるの、この学校《がっこう》でわたしだけかな？
クルミくんとは同《おな》じ1年《ねん》2組《くみ》。
だけど、ふだんのクルミくんは、休《やす》み時間《じかん》にも、ほとんど人《ひと》としゃべらない。
いわゆる「ぼっち」キャラ。
わたしも少《すこ》し前《まえ》までは、彼《かれ》のことをぜんぜん知《し》らなかった。
でも……いまはちがう。
クルミくんはわたしの、「トクベツ」なんだ。
「なにか言《い》った？　火花《ひばな》さん」
「う、ううん！　なんでもない。ポストしちゃうね」

ＳＮＳのアプリを開《ひら》いて、さっき撮《と》った写真《しゃしん》をえらぶ。

表示《ひょうじ》された写真《しゃしん》の顔《かお》の部分《ぶぶん》に、選《えら》んだウサギのスタンプをのせれば……よし！

プリティなウサギがバッチリわたしとクルミくんの顔《かお》をかくして。

それでいてかわいい仕上《しあ》がりになった。

おっと、文字《もじ》を入《い》れるところにタグもつけなきゃね。

#アオハルチャレンジ
#学校《がっこう》でなかよしツーショット

タグを入《い》れてから……ポスト、と。

一瞬《いっしゅん》、送信《そうしん》する間《ま》があってから、アプリの画面《がめん》にクルミくんと２人《ふたり》で撮《と》った写真《しゃしん》が現《あらわ》れる。

「よし、アオハルチャレンジ、完了《かんりょう》〜！」

わたしはイエーイと手《て》をふりあげて、クルミくんを見《み》る。

クルミくんはこういうノリになれていないのか、ちょっとたどたどしい。

けど、それでもわたしの手《て》に、パンッてハイタッチしてくれた。


アオハルチャレンジ。

それは最近《さいきん》、SNSで流行《はや》ってる、青春《せいしゅん》っぽいことをやって楽《たの》しむ遊《あそ》び。

そんな遊《あそ》びが、どうして生《う》まれたか。

タイプのちがうわたしとクルミくんが、どうしていっしょにそのアオハルチャレンジをやっているか。

話《はなし》は、ちょっと前《まえ》にさかのぼる……。

2 キレイな目《め》をした男《おとこ》の子《こ》

ゴールデンウィークも終《お》わった、昼休《ひるやす》みの1年《ねん》2組《くみ》の教室《きょうしつ》。

「ほむら……ほむらってば！」

呼《よ》ぶ声《こえ》に顔《かお》をあげると、そこにいたのは背《せ》の高《たか》い、ショートカットの女《おんな》の子《こ》。

クラスメイトの冬樹千鶴《ふゆきちづる》が、わたしをのぞきこんでいる。

「あ、ゴメン。なんの話《はなし》だっけ？」

「もう、なにボーッとしてるの。ちょっとコレ見《み》てよコレ！」

差《さ》しだされたスマホを見《み》る。

うちの学校《がっこう》は、スマホのもちこみOK《オーケー》。

授業中《じゅぎょうちゅう》はだめだけど、それ以外《いがい》は自分《じぶん》の判断《はんだん》にまかされてる、自由《じゆう》な校風《こうふう》なの。

画面《がめん》には、わたしらと同《おな》い年《どし》くらいの女《おんな》の子数人《こすうにん》がキビキビとおどる動画《どうが》が流《なが》れている。

これはＳＮＳに投稿《とうこう》されたダンス動画《どうが》。音楽《おんがく》に合《あ》わせて、全員《ぜんいん》が流《なが》れるように息《いき》の合《あ》った動《うご》きを見《み》せている。

「おー、動《うご》きのシンクロがすごい！　これって、千鶴《ちづる》の推《お》しグループだっけ？」

「そ！　キレもどんどん上《あ》がっててさ。昨日《きのう》どっかの大会《たいかい》で優勝《ゆうしょう》したんだって。すごくない!?」

「すごっ！　やったじゃん！」

テンションが上《あ》がってハイタッチ。

わたしは千鶴《ちづる》ほどくわしくないけど、よくいっしょに動画《どうが》を見《み》てるから、彼女《かのじょ》たちがずーっとがんばってきたことは知《し》ってる。

千鶴《ちづる》が興奮《こうふん》してる気持《きも》ちも、よーくわかるよ。

ずっと応援《おうえん》してきた人《ひと》が結果《けっか》を出《だ》すと、うれしいもんね。

「ありがと！　そういやさ。ほむらはＳＮＳでだれかフォローしてる人《ひと》いないの？」

「んー。とくにいないかな」

「せっかくアカウントがあるのに、もったいなくない？　画像《がぞう》や動画《どうが》の投稿《とうこう》だってやってないでしょ」

うーん、そう言《い》われてもねえ。

わたしがSNSのアカウントを作《つく》ったのは。

ズバリ、情報収集《じょうほうしゅうしゅう》のため！

だって、みんなの話題《わだい》の移《うつ》り変《か》わりって、
ものすごーく激《はげ》しいでしょ。

人気《にんき》のアイドルやキャラ。ドラマに動画《どうが》。それにファッション。

流行《りゅうこう》を先取《さきど》りするほど積極的《せっきょくてき》じゃないけど、ぜんぜんついていけないのも不便《ふべん》だから。

だから、ほどほどにSNSをチェックして、情報《じょうほう》を取《と》り入《い》れてるってわけ。

まあ推《お》し活《かつ》したり、投稿《とうこう》したりすると、もっと楽《たの》しいのかもしれないけどさ……。

「いつかはやるかもー」

「ほむら。それ絶対《ぜったい》やらない人《ひと》のセリフだから」

と、千鶴《ちづる》のツッコミ。

「むう、そうとはかぎらないじゃん。明日《あした》になったら急《きゅう》に画像投稿《がぞうとうこう》に目覚《めざ》めたりするかも……ま、予定《よてい》ないけど」

「なにそれ、いいかげんだなあ。まあいいよ、ほむらの好《す》きにすれば」

さすが千鶴《ちづる》。


SNSを使《つか》うには、まず会員登録《かいいんとうろく》するもち。これを『アカウントを作《つく》る』っていうんだもち。でも、ほとんどのSNSは『アカウントを作《つく》れるのは13歳以上《さいいじょう》』ってルールなんだもち。待《ま》ちどおしいけど、その年《とし》までは『アオハル100%』を読《よ》みながらワクワクしていようもち☆

もちウサギの SNSまめちしき

こういうとき、さっぱりしてるのがいいところだよ。
千鶴《ちづる》とは中学《ちゅうがく》で同《おな》じクラスになってから、いっしょにいるようになったんだけど。
仲《なか》はいいけど、べたべたしない距離感《きょりかん》がここちいい子《こ》なんだ。
「――あの、ごめんなさい」
そのとき、とつぜんきこえた声《こえ》にふりむく。
そこにいたのは、前髪《まえがみ》が長《なが》めで、しずかな雰囲気《ふんいき》の男子《だんし》。

えっと、彼《かれ》は……。

「あ、ごめんクルミくん。席取《せきと》っちゃってた」

机《つくえ》に座《すわ》っていた千鶴《ちづる》が立《た》ちあがる。

そうだ、クルミくんだ。

ゴメン。名前思《なまえおも》いだせなかった。

わたしたちは空《あ》いてる席《せき》でおしゃべりしていたんだけど、千鶴《ちづる》が座《すわ》っていたのが彼《かれ》の席《せき》だったみたい。

クルミくん、かあ。

同《おな》じクラスになってしばらくたつけど、口数《くちかず》が少《すく》なくてだれかとからむことが少《すく》ない子《こ》。

印象《いんしょう》がうすい。

よく言《い》えばクール。悪《わる》く言《い》えばコミュ障《しょう》？　陰《いん》キャ？

ああ、もう考《かんが》えるのやめよう。

そんなつもりないのに、なんだか悪口《わるくち》みたいになってきた。

「ほむら、むこう席空《せきあ》いてるから、あっちに移動《いどう》しよう。クルミくん、ゴメンねー」

するとクルミくんも、ペコリと会釈《えしゃく》してきた。

その瞬間《しゅんかん》、ちらっと前髪《まえがみ》のあいだから、いつもはかくれてる目《め》もとが見《み》えた。

へえ、キレイな目《め》してるんだ。

クルミくん、前髪切《まえがみき》ってもうちょっと表情《ひょうじょう》を出《だ》したら、もっとクラスになじめそうなのに。

なんて、よけいなお世話《せわ》だよね。

思《おも》ったことを口《くち》には出《だ》すことなく、わたしは千鶴《ちづる》といっしょにその場《ば》をはなれた。


放課後《ほうかご》になって、1人校舎《ひとりこうしゃ》を出《で》たわたし。

あっ、べつになかまはずれにされて1人《ひとり》で帰《かえ》るわけじゃないよ。

千鶴《ちづる》をはじめ、仲《なか》のいい友《とも》だちはみんな部活《ぶかつ》に入《はい》ってるけど、わたしは帰宅部《きたくぶ》。

帰《かえ》るときは1人《ひとり》ってだけなんだから。

本当《ほんとう》は、わたしもなにか部活《ぶかつ》に入《はい》ってもよかったんだけどさ。

入《はい》るタイミングを逃《のが》しちゃったんだ。

入学《にゅうがく》したてのころは、小学校時代《しょうがっこうじだい》のことを、まだ引《ひ》きずってたから……って、その話《はなし》はいいや。

とにかく、なりゆき帰宅部《きたくぶ》のわたしは、音楽室《おんがくしつ》から流《なが》れてくる吹奏楽部《すいそうがくぶ》の演奏《えんそう》や、グラウンドからきこえてくるスポーツ部《ぶ》のかけ声《ごえ》をきくと、うらやましいっていうか。

なんだか、まわりにおいていかれちゃったみたいで、ちょっとあせる。

「……みんないいなあ。夢中《むちゅう》になれるものがあるって」

足《あし》を止《と》めて校舎《こうしゃ》を見《み》あげていると、自然《しぜん》と声《こえ》がこぼれた。

わたしだって、毎日《まいにち》それなりに楽《たの》しいし。

とくに学校生活《がっこうせいかつ》に不満《ふまん》があるわけじゃない。

だけどさ、なんかこう……。

そんなことを考《かんが》えながら再《ふたた》び歩《ある》きだして校門《こうもん》にむかっていると、道《みち》のすみにある花壇《かだん》に目《め》が留《と》まった。

まだ花《はな》は咲《さ》いていなかったけど、そこにはこんもりした紫陽花《あじさい》の木《き》が。

へー、もう色《いろ》づいてるんだ。なんかキレイ。

満開《まんかい》の紫陽花《あじさい》もいいけど、こんなふうに成長途中《せいちょうとちゅう》のつぼみも、かわいいよね。

そうだ、せっかくだから写真撮《しゃしんと》ろう。

スマホを取《と》りだして、カメラをむけたけど……って、あれ？

「なんだろう、これ」

花壇《かだん》のわきに、1台《だい》のオレンジ色《いろ》のカメラがおかれているじゃない。

どうしてこんなところに？

わたしはスマホをしまうと、近《ちか》づいてカメラをとりあげた。

「これってデジカメ？　だれかの忘《わす》れもの？」

けっこう高《たか》そうだし、職員室《しょくいんしつ》に届《とど》けたほうがいいかな。

どこかに名前《なまえ》が書《か》いてないか、ひっくり返《かえ》しながら見《み》ていたそのとき。

手《て》の中《なか》のカメラが、ツルッと滑《すべ》った。

「ああっ！」

声《こえ》をあげたけど、もう遅《おそ》い。

カメラは地面《じめん》に落《お》ちると、**ガンッ**て鈍《にぶ》い音《おと》を立《た》てて、はね返《かえ》った。

「ヤ、ヤバ――――！」

けっこう派手《はで》に落《お》ちたけど、ひょっとしてこわれた？

ど、どどどどど、どうしよう!?

だれにも見《み》られていないなら、知《し》らんぷりして逃《に》げるか？
いやいやいや、それ人《ひと》としてやっちゃダメなやつ！　でもでもでも……！
あせっていると、すぐうしろで声《こえ》がした。
「あっ」
わっ！　み、見《み》られた！
声《こえ》がしたかと思《おも》うと、だれかが早足《はやあし》でやってきて、落《お》ちていたカメラに手《て》をのばす。
て言《い》うかこの人《ひと》……。
「クルミくん!?」
現《あらわ》れたのは、クルミくんだったの。
けど待《ま》って。ひょっとしてそのカメラ、クルミくんの？
マズイよ。
わたし思《おも》いっきりソレ、落《お》としちゃったんですけど――――！

3 「青春《せいしゅん》」が写《うつ》ってる！

地面《じめん》からカメラをひろいあげる、クルミくん。

わたしは、おそるおそる彼《かれ》に声《こえ》をかけた。

「もしかしてそのカメラ、クルミくんの？」

「えっと、火花《ひばな》さん……だよね？　これはオレのって言《い》うか部活《ぶかつ》で使《つか》ってるカメラなんだけど」

「部活《ぶかつ》？」

「うん、オレ写真部《しゃしんぶ》だから」

へー、うちの学校《がっこう》に写真部《しゃしんぶ》なんてあったんだ……って、そうじゃない！

「ごめん。わたしが、そのカメラ落《お》としちゃったんだ。こわれてない？」

「調《しら》べてみないとなんとも。でも気《き》にしないで。こんなところにおいてたオレが悪《わる》いんだから」

なーんだそう？　それじゃああとはクルミくんに任《まか》せて、わたしはサヨナラ～……って！

あいにくそうできるほど、薄情《はくじょう》じゃないぞ！

するとそんなわたしの気持《きも》ちを察《さっ》したみたいに、クルミくんが言《い》う。

「とりあえず、いまから部室《ぶしつ》にもどって調《しら》べてみるけど。気《き》になるなら、火花《ひばな》さんもくる？」

「い、いく！」

このまま放《ほう》って帰《かえ》る気《き》にはなれないよ！

というわけで、クルミくんの案内《あんない》でわたしは歩《ある》きだした。

やってきたのは、入《はい》ったことのなかった部室棟《ぶしつとう》。

文芸部《ぶんげいぶ》や将棋部《しょうぎぶ》といった文化部《ぶんかぶ》の部室《ぶしつ》が、ズラリと並《なら》んでいる。

その1つ、写真部《しゃしんぶ》の部室《ぶしつ》は、棚《たな》と長机《ながづくえ》と数台《すうだい》のパイプイスがおかれてるだけの、殺風景《さっぷうけい》な作《つく》りだった。

くる途中《とちゅう》にきいたけど、いま写真部《しゃしんぶ》の部員《ぶいん》は、クルミくんたった1人《ひとり》なんだって。

クルミくんは、イスに座《すわ》ると、さっそくカメラを調《しら》べはじめる。

「どう、ちゃんと動《うご》く？」

わたしも、そばに座《すわ》って、クルミくんの手元《てもと》をのぞきこむ。

「どうかな。いちおう起動《きどう》できたけど」

わー、そこは気休《きやす》めでも、だいじょうぶって言《い》ってほしかった〜！

クルミくんはだまって、まじめな顔《かお》でカメラをいじってる。

それを見守《みまも》る間《あいだ》のわたしは、まるで手術中《しゅじゅつちゅう》の患者《かんじゃ》の心配《しんぱい》をする家族《かぞく》みたいな気持《きも》ち。

どうしよう、もしもこわれてたら……。

頭《あたま》の中《なか》に、『弁償《べんしょう》』の2文字《もじ》が浮《う》かんでくる。

貯《た》めてたお年玉貯金《としだまちょきん》を、くずさなきゃいけなくなるかなあ？

だけどしばらく調《しら》べたあと、クルミくんはホッとしたみたいに顔《かお》をあげた。

「――よかった、どこもこわれていないみたい。写真《しゃしん》のデータも、ちゃんと残《のこ》ってるよ」

わあ！

「そうなの？　良《よ》かった〜〜〜〜！」

「うん……なんか、心配《しんぱい》させちゃったね」

「いいよ、もともと落《お》としたわたしが悪《わる》いんだから！」

なんにせよ、こわれてなくて安心《あんしん》したよ。

「そういえば。そのカメラ、どうしてあんなところにおいてあったの？」

「ああ、これを撮《と》ってたときに、先生《せんせい》に呼《よ》ばれて、つい……」

クルミくんは言《い》いながら、カメラのうしろにある小《ちい》さな画面《がめん》を見《み》せてくる。

そこに表示《ひょうじ》されていたのは……

さっきわたしが撮《と》ったのと同《おな》じ、紫陽花《あじさい》のつぼみだった！

「あ、クルミくんも、これ撮《と》ったの？」

「うん。なんか目《め》にとまって」

「あ、わかるー。じつはわたしも前《まえ》を通《とお》りかかったとき気《き》づいて、撮《と》ってたんだ」

わたしも、スカートのポケットからスマホを取《と》りだして、さっきの紫陽花《あじさい》の写真《しゃしん》を表示《ひょうじ》させる。

咲《さ》く前《まえ》だから、ぜんぜん目立《めだ》ってなかったのに……クルミくんも同《おな》じものを見《み》つけてたんだ。

ふふっ、なんだか親近感《しんきんかん》がわいちゃうなあ。

なんて思《おも》ったんだけど……。

わたしの撮《と》った写真《しゃしん》と、クルミくんの写真《しゃしん》。

2つを見《み》くらべて、そのちがいにわたしは思《おも》わず声《こえ》をあげた。

「ちょっと待《ま》って。**〜〜〜クルミくん、すごい！　この写真《しゃしん》メッチャキレイじゃない！**」

同《おな》じ花《はな》を撮《と》ったなんて思《おも》えないんだけど！

画面《がめん》のななめから入《はい》ってる光《ひかり》が、紫陽花《あじさい》のつぼみに当《あ》たってる。

それが、まるで花自体《はなじたい》が光《ひかり》を発《はっ》してかがやいてるよう。

まるでこれから開《ひら》く花《はな》のパワーを、写《うつ》しとったみたい……。

パッと『映《ば》える写真《しゃしん》』って言葉《ことば》が浮《う》かんだけど、それともちがう。

もっとこう――芸術的《げいじゅってき》、っていうのかな。

なんだろう、見《み》てると、胸《むね》がドキドキしてくる。

写真《しゃしん》を見《み》て、こんな気持《きも》ちになったのは、はじめてだよ。

「さすが写真部《しゃしんぶ》だね、わたしが撮《と》ったのと、ぜんぜんちがうよ！　メッチャすごい！」

「そ、そう？　ありがとう」

照《て》れたように頬《ほお》をまっかにするクルミくん。

あ――もどかしい。

もっといいほめ言葉《ことば》が思《おも》いつけばよかったんだけど、ボキャブラリーが貧困《ひんこん》なわたしじゃ、これが限界《げんかい》。

もっとわたしが感《かん》じてること、うまく伝《つた》えたいのに。

けどクルミくんは。

「オレは火花《ひばな》さんの写真《しゃしん》も、よく撮《と》れてると思《おも》うよ」

「へ？　いやいやぜんぜん。クルミくんのとちがって、わたしの撮《と》った紫陽花《あじさい》、えらく小《ちい》さいし。もっと近《ちか》くで撮《と》ればよかったー」

「そうかな。『引《ひ》き』の構図《こうず》で撮《と》るのもいいと思《おも》うけど」

「え、『引《ひ》き』って？」

「あ。『引《ひ》き』っていうのはね、被写体《ひしゃたい》……この場合《ばあい》は、紫陽花《あじさい》から『離《はな》れる』ってこと。まわりの景色《けしき》もいっしょに写真《しゃしん》におさめたいときは、引《ひ》きで撮《と》るんだよ」

そうなんだ。さすが写真部《しゃしんぶ》だけあって、よく知《し》ってるや。

「引《ひ》きで撮《と》ると、まわりの空気感《くうきかん》も写《うつ》せるから、オレは好《す》きだなあ」

そんな考《かんが》えて撮《と》ったわけじゃなかったけど、ほめられて悪《わる》い気《き》はしない。

それにクルミくんが、なんか楽《たの》しそう。

教室《きょうしつ》ではあまりしゃべらないけど、写真《しゃしん》が好《す》きなんだな。

声《こえ》がはずんで、いきいきしてる。

「ねえ、ほかにはどんな写真《しゃしん》を撮《と》ってるの？」

「ほかの写真《しゃしん》？　なら、こっちを見《み》たほうが早《はや》いかも」

クルミくんは、ズボンのポケットからスマホを取《と》りだした。

画面《がめん》に出《だ》したのは、わたしもよく知《し》ってるＳＮＳ。

へー、クルミくんもＳＮＳやってるんだ。

ぜんぜんそんなイメージなかったから、ちょっと意外《いがい》。

クルミくんがさらに画面《がめん》を操作《そうさ》すると、四角形《しかくけい》のパネル型《がた》に、写真《しゃしん》がたくさん並《なら》ぶ。

パネルを押《お》すと、その写真《しゃしん》が拡大《かくだい》で表示《ひょうじ》されるんだ。

「わ……！」

──窓《まど》から光《ひかり》が差《さ》しこんでる、階段《かいだん》のおどり場《ば》。

──ブロックの塀《へい》の上《うえ》を歩《ある》いてる、猫《ねこ》のうしろすがた。

さっきの紫陽花《あじさい》のつぼみとちがって、これらはふだんわたしが気《き》に留《と》めそうにないものばかり。

中《なか》にはどうしてこれを撮《と》ったんだろうって思《おも》うような、なんの変哲《へんてつ》もないただの電柱《でんちゅう》の写真《しゃしん》も。

だけど、どうしてだろう。

見《み》かけたところで、なんとも思《おも》わないであろうその景色《けしき》に、わたしは目《め》をうばわれてる。

そっか……前髪《まえがみ》の裏側《うらがわ》にかくれたクルミくんの目《め》には、こんな景色《けしき》が見《み》えているのかあ。

さらに画面《がめん》をスライドさせていくと、その中《なか》の1つの写真《しゃしん》が目《め》にとまった。

「あ、この大《おお》きな木《き》、なんか、すごい……」

うー、やっぱりわたしって、語彙《ごい》が足《た》りない。

けどクルミくんは、うれしそうに返《かえ》してくる。

「あ、これ。オレもうまく撮《と》れたなって」

「こんなふうに撮《と》るのに、なにか特別《とくべつ》なテクニックでもあるの？」

なんの気《き》なしにきいたけど、その瞬間《しゅんかん》、クルミくんの目《め》がキラリと光《ひか》った。

「これはまず、被写体《ひしゃたい》が写真《しゃしん》のどのへんにくるかを考《かんが》えるんだ。シチュエーションによってどこに配置《はいち》させるかはさまざまで、全体《ぜんたい》が入《はい》るように撮《と》ることもあれば、ズームさせて撮《と》ることもあるけど、配置次第《はいちしだい》で存在感《そんざいかん》をきわだたせることができるから。あと光《ひかり》をしぼって背景《はいけい》をボカすことで、被写体《ひしゃたい》がより強調《きょうちょう》されるって前《まえ》におじいちゃんから習《なら》って……あ、おじいちゃんっていうのは昔《むかし》プロのカメラマンをやってたオレの祖父《そふ》のことで……」

「ちょ、ちょっと待《ま》ったクルミくん、ストップストーップッ！」

なになに？

クルミくん、メチャクチャしゃべるじゃない！

すると彼《かれ》はハッとしたように話《はな》すのをやめて、顔《かお》を赤《あか》らめる。

「ごめん。写真《しゃしん》のことになるとつい」

「謝《あやま》らなくていいよ。好《す》きなものの話《はなし》って、語《かた》りたくなるよね。これだけいい写真《しゃしん》がそろってるなら、さぞみんなから高評価《こうひょうか》を……え？」

思《おも》わず声《こえ》が止《と》まった。

SNSにポストされた写真《しゃしん》は、見《み》た人《ひと》が気《き》に入《い》ったら『いいね』って意味《いみ》で♥ボタンを押《お》すシステムになってる。

そしてその『いいね』の数《かず》が多《おお》いほど、高《たか》い評価《ひょうか》を受《う》けてるってことなんだけど……。

クルミくんのポストした写真《しゃしん》についた♥の数《かず》はどれも、０！　０！　０！

ただの１つも、♥がついてなかったの！

「ウソでしょ!?　こんなにキレイな写真《しゃしん》なのに、ありえないでしょ！」

だけど、その理由《りゆう》はすぐにわかった。

よく見《み》たら、クルミくんのアカウント。

フォローしてる人《ひと》もフォロワーも1人《ひとり》もいないじゃん！

「な、なるほどー。それでかあ」

この人《ひと》のポストは見《み》のがしたくない！　って思《おも》ったら「フォロー」しておくんだ。

たとえばわたしがクルミくんのアカウントをフォローしたとして、クルミくんが新《あたら》しい写真《しゃしん》をSNSにポストしたら、そのお知《し》らせがわたしのスマホに届《とど》くようになる。

それでお気《き》に入《い》りの相手《あいて》のポストを見《み》のがさないですむんだ。

だけど、逆《ぎゃく》にだれもフォローせず、だれからもフォローされてなかったらどうなるか。

……たいていの場合《ばあい》、写真《しゃしん》をポストしても、気《き》づかれることなく終《お》わっちゃうんだよね。

だってSNSには毎日《まいにち》、星《ほし》の数《かず》ほどの投稿《とうこう》があるんだもの。

だれかの目《め》に留《と》まる工夫《くふう》をしないと、どんなにいい写真《しゃしん》を投稿《とうこう》しても、気《き》づいてもらえないし、もちろん♥だってもらえない。

SNSをあまり使《つか》ってないわたしだって、それくらいわかるよ！


「フォロー」っていうのはSNS上《じょう》で気《き》になったアカウントが、新《あたら》しいことをしたときに、お知《し》らせしてくれる便利《べんり》機能《きのう》。「だれかをフォローする」って使《つか》うもち。自分《じぶん》のことをフォローしてくれてる人《ひと》のことを「フォロワー」って呼《よ》ぶもち。フォロワーがたくさんいると、たくさんの人《ひと》から注目《ちゅうもく》されてるってことだもちね。

もちウサギの
SNSまめちしき

「ねえ、クルミくん。よけいなお世話《せわ》かもしれないけど、だれかをフォローするとかコメントするとかして、つながったほうがよくない？　せっかくの写真《しゃしん》、そのほうが見《み》てもらえるよ」

「……けど、見《み》ず知《し》らずの人《ひと》にからんでいっても、迷惑《めいわく》じゃ？」

いや、SNSってそういうものだから！

クルミくんってひっこみじあんっぽいけど、SNSの世界《せかい》でもそうなのかー！

なんて思《おも》うわたしだって、SNSではだれともからんでないけどね。

リアルでは、だれとでも話《はな》せるけど、ネット上《じょう》ではちょっと……。

すると、クルミくんは静《しず》かにつづける。

「それに……無理《むり》に見《み》てもらわなくてもいいかな。写真《しゃしん》はオレが好《す》きで撮《と》ってるだけだから」

え？　それって、他人《たにん》からの評価《ひょうか》には興味《きょうみ》がないってこと？

ううん、たぶんちがう。

きっと興味《きょうみ》がないんじゃなくて、自分《じぶん》の撮《と》るものに、しっかりとした自信《じしん》とこだわりを持《も》っているんだと思《おも》う。

だから♥の数《かず》が0でも、そんなに気《き》にならないんだ。

けどこんなふうに自分《じぶん》の価値観《かちかん》を持《も》ってるクルミくんが、すごくかっこよく思《おも》えた。

「そうだね……クルミくんがそう言《い》うなら、それでいいよね。ごめん、いい写真《しゃしん》だったからつい」

千鶴《ちづる》を見《み》ならって、ほどよい距離感《きょりかん》でいないと。

「ううん、今日《きょう》は火花《ひばな》さんに写真《しゃしん》を見《み》てもらって、うれしかった。ありがとう」

「わ、わたしこそ、素敵《すてき》な写真見《しゃしんみ》せてもらえてよかったよ！」

わたしが言《い》うと、クルミくんはてれくさそうな顔《かお》になる。

クルミくんって、話《はな》してみたら案外楽《あんがいたの》しいかも。

そうしているうちに下校《げこう》の時間《じかん》になって、そのまま解散《かいさん》したんだけど。

家《いえ》に帰《かえ》ってからも、今日見《きょうみ》たクルミくんの写真《しゃしん》が……。

光《ひかり》を反射《はんしゃ》する紫陽花《あじさい》の写真《しゃしん》が。

茜色《あかねいろ》に染《そ》まる空《そら》の写真《しゃしん》や、道《みち》ばたにポツリと咲《さ》いた花《はな》の写真《しゃしん》が。

目《め》を閉《と》じるたびに、何度《なんど》もよみがえってきた。

そして、照《て》れたように笑《わら》うクルミくんの笑顔《えがお》も。

夜《よる》、眠《ねむ》りにおちるまで。頭《あたま》から離《はな》れなかった。

4

見《み》えない壁《かべ》の、こっちとむこう

次《つぎ》の日《ひ》の朝《あさ》。

あくびをしながら洗面所《せんめんじょ》で、髪《かみ》にブラシをかけていたんだけど……。

「おいほむら、いつまでやってんだよ。そろそろ場所《ばしょ》代《か》われ〜」

「ギャッ！　お兄《にい》、頭《あたま》さわらないでよー！」

せっかく整《ととの》った髪《かみ》をクシャクシャってなでたのは、お兄《にい》ちゃん。

もう高校生《こうこうせい》なのに、ときどきこんなイジワルをしてくるの。

「そんな時間《じかん》かけても、たいして変《か》わらないだろ。もう朝飯《あさめし》だから、さっさとこいよ〜」

洗面所《せんめんじょ》を出《で》ていく、お兄《にい》。

わたしも少《すこ》し遅《おく》れて出《で》て、リビングにいくとお父《とう》さんとお母《かあ》さん、それにお兄《にい》はもう席《せき》についていた。

「遅《おそ》せーよ、ほむら」

もう、お兄《にい》のせいで、よけいに時間《じかん》かかったのに。

これで学校《がっこう》では、けっこうモテてるらしいからふしぎ。

それからみんなでそろって「いただきます」して朝食《ちょうしょく》をとりはじめる。

メニューはスープとサラダ、それにスクランブルエッグをはさんだロールパン。

スクランブルエッグを食《た》べると、口《くち》の中《なか》にほんのりバターの香《かお》りと、ケチャップの味《あじ》が広《ひろ》がる。

つけていたテレビからは、俳優《はいゆう》さんが結婚《けっこん》したってニュースが流《なが》れていたけど、そのときお母《かあ》さんが、

「あ、そうだ。チャンネル変《か》えていい？」

「はいどうぞ」

お父《とう》さんからリモコンを受《う》け取《と》ったお母《かあ》さん。

変《か》えたチャンネルでは、視聴者《しちょうしゃ》から募集《ぼしゅう》したという川柳《せんりゅう》が流《なが》れている。

お母《かあ》さん、この川柳《せんりゅう》コーナーが好《す》きなんだよねえ。

ニュース番組《ばんぐみ》の中《なか》のミニコーナーで、毎回《まいかい》『雨《あめ》』とか『車《くるま》』といったお題《だい》が出《で》るの。

番組《ばんぐみ》を見《み》てる人《ひと》が、お題《だい》にそった川柳《せんりゅう》を作《つく》って送《おく》り、その中《なか》から選《えら》ばれたのが紹介《しょうかい》されるんだ。

今日《きょう》の川柳《せんりゅう》のお題《だい》は『写真《しゃしん》』だった。

『デジカメで　写《うつ》したわたし　またデコる』

男性《だんせい》のアナウンサーが川柳《せんりゅう》を読《よ》みあげる。

スマホのカメラやデジカメで撮《と》った写真《しゃしん》に、さらに手《て》を加《くわ》えて、デコる人《ひと》を詠《よ》んだ川柳《せんりゅう》。

わたしの友《とも》だちでも、スマホで撮《と》った写真《しゃしん》を加工《かこう》するのが当然《とうぜん》って人《ひと》は、けっこういる。

――そういえば、昨日《きのう》クルミくんが使《つか》っていたのは、デジカメだったな。

わたしが危《あや》うくこわすところだったけど、無事《ぶじ》でよかった。

「そういえばデジカメって、買《か》うといくらくらいなんだろ」

「なんだほむら、デジカメがほしいのか？」

とお父《とう》さん。

「ううん、そうじゃないけど……デジカメとスマホのカメラじゃあ、撮《と》れる写真《しゃしん》も変《か》わるのかなあと思《おも》って」

「そりゃあそうだろう。けど、スマホのほうが気軽《きがる》に撮《と》れるだろ？」

まあ、実際《じっさい》その通《とお》りかもしれないけど。

それに、わたしがデジカメを使《つか》ったとしても、あんな写真《しゃしん》は撮《と》れない気《き》がする。

昨日《きのう》クルミくんが見《み》せてくれた写真《しゃしん》。

クルミくんは、スマホで、デジカメで、ほかにどんな写真《しゃしん》を撮《と》ってるんだろ。

たのんだら、もっと見《み》せてくれるかなあ？

『川柳《せんりゅう》コーナー、次回《じかい》のお題《だい》は『**青春**《せいしゅん》』です。たくさんのご応募《おうぼ》、お待《ま》ちしています』

テレビではアナウンサーが、次《つぎ》の告知《こくち》をしている。

あ、時間《じかん》だ。

わたしもそろそろ行《い》かなくちゃ。

教室《きょうしつ》に入《はい》ってすぐ、わたしは、すでに登校《とうこう》していたクルミくんのところにむかった。

あいかわらずだれかと話《はなし》をするわけでもなく、1人《ひとり》でぽつんと座《すわ》っている。

「おはようっ、クルミくん！」

クルミくんは少《すこ》しおどろいたような顔《かお》で、わたしを見《み》あげた。

「火花《ひばな》さん……おはよう」

「昨日《きのう》はありがとう。ねえ、昨日見《きのうみ》せてもらった以外《いがい》の写真《しゃしん》って……」

「オーッス火花《ひばな》、ハヨー！」

言《い》いかけていたわたしの言葉《ことば》を、べつの声《こえ》がさえぎった。

ふり返《かえ》るとそこにいたのは、同《おな》じクラスの男子《だんし》、星野《ほしの》。

するとクルミくんがいることに気《き》づいて、わたしたちを見《み》くらべる。

「なんだ、めずらしい組《く》みあわせだな。火花《ひばな》って、クルミと仲《なか》よかったっけ？」

「昨日《きのう》ちょっと話《はな》して、写真《しゃしん》を見《み》せてもらったんだよ。クルミくん、写真部《しゃしんぶ》なんだって」

だよね、と顔《かお》をむけると、だまったままうなずくクルミくん。

「へー、うちに写真部《しゃしんぶ》なんてあったんだ。けど写真《しゃしん》なら、わざわざ見《み》せてもらわなくてもネットにいくらでもころがってね？　……あ、そういえば火花《ひばな》、オレ昨日超笑《きのうちょうわら》える動画見《どうがみ》たんだ」

言《い》いながら、星野《ほしの》がスマホをいじって、見《み》せてくる。

すると、教室《きょうしつ》にいたほかの子《こ》たちも集《あつ》まってきた。

楽《たの》しいこととかおもしろいことに、いつもアンテナをたててる、明《あか》るいキャラの子《こ》たちだ。

「ほら、これ！　やばくないか？」

「あは、ウケるー！」

「あ、これ知《し》ってる。少《すこ》し前《まえ》にバズってたよね」

みんなが見《み》てるのは、高校生《こうこうせい》くらいの男性《だんせい》が変顔《へんがお》してる動画《どうが》。

変顔《へんがお》がかわるたびに、みんなでもりあがる。

う、うーん、たしかにおもしろいけどさ。

わたしはいまはそれじゃなくて、クルミくんの撮《と》った写真《しゃしん》が見《み》たかったんだけどな。

けどクルミくんは、なにも言《い》わずに、無表情《むひょうじょう》でそこにいるだけ。

せっかくなんだから、なにかしゃべれば、もっとなじめるかもしれないけど……。

話《はなし》の流《なが》れはすっかり変《か》わってて、もうわたしがクルミくんに写真《しゃしん》を見《み》せて、なんて言《い》える空気《くうき》じゃなくなってる。

またべつの子《こ》も、スマホを見《み》せてくれて、

「そういやあたしも昨日《きのう》見《み》つけたんだけどさ。コレとかヤバくない？」

「あ、うん。そうだね……」

てきとうに返事《へんじ》をしながら、もう一度《いちど》クルミくんを見《み》たけど、すっかりみんなの輪《わ》の外《そと》にいる。

あーあ、完全《かんぜん》に話《はな》すタイミングを失《うしな》っちゃった。

でも、まあいいや。

同《おな》じクラスなんだから、話《はな》す機会《きかい》なんて、いくらでもあるよね。


……って、思《おも》っていたんだけど。

朝《あさ》のホームルームがはじまって、授業《じゅぎょう》や休《やす》み時間《じかん》がすぎたけど、クルミくんと話《はな》すタイミングなんて、ぜんぜんなかった……！

ま、まさかここまで話《はな》すのがむずかしいだなんて！

もともとわたしとクルミくんとじゃタイプがちがうけど、別《べつ》タイプの人《ひと》と話《はな》すのって案外大変《あんがいたいへん》。

もちろん、話《はな》しちゃいけないってルールがあるわけじゃないけど。

近《ちか》づこうとすると、まわりが勝手《かって》に「どうしてアイツらが？」みたいな空気《くうき》を出《だ》してきて。

まるで見《み》えない壁《かべ》にさえぎられているみたいに、近寄《ちかよ》りにくいんだよ。

話《はな》しかけたいのに話《はな》せないまま、あっという間《ま》に下校時間《げこうじかん》になる。

「ほむら、いっしょに帰《かえ》ろ！」

「うん」

いつもは放課後《ほうかご》になると千鶴《ちづる》は部活《ぶかつ》にいくけど、今日《きょう》はお休《やす》み。

わたしも立《た》ちあがったけど、つい横目《よこめ》でクルミくんを見《み》ちゃう。

クルミくんはカバンを持《も》って、1人《ひとり》で教室《きょうしつ》を出《で》ていこうとしてる。

「あっ……クルミくん、ばいばい」

「あ、さよなら」

……って、それだけ!?

はぁー、昨日《きのう》はふつうに話《はな》せたのに、うまくいかないなー。

「ため息《いき》なんてついて、どうかした？」

「……なんでもない。行《い》こう」

千鶴《ちづる》といっしょに教室《きょうしつ》を出《で》たけど、ついクルミくんのことを考《かんが》えちゃう。

せめてなにか、からむきっかけでもあればいいんだけど……ん？

歩《ある》いていた足《あし》をピタリと止《と》める。

「どうしたの、ほむら？」

千鶴《ちづる》がきいてきたけど、返事《へんじ》をせずに考《かんが》える。

思《おも》いだしたのは、今朝《けさ》テレビで見《み》た川柳《せんりゅう》募集《ぼしゅう》のコーナー。

そうだよ、きっかけがないなら、いっそのこと……！

「そうだ、これだ！」

「うわっ、ビックリした。なにいきなり？」

ゴメン千鶴《ちづる》、今《いま》ものすっごいアイディアを思《おも》いついたの！

それはわたしにとって、ちょっと冒険《ぼうけん》ではあるんだけど……。

うん、ゴチャゴチャ考《かんが》えるのは止《や》めて、とにかくやってみよう！

5 キミに近《ちか》づく、この一歩《いっぽ》！

わたしが行動《こうどう》をおこしたのは、次《つぎ》の週《しゅう》だった。

その日《ひ》の放課後《ほうかご》、わたしは満《まん》を持《じ》して、写真部《しゃしんぶ》の部室《ぶしつ》にやってきた。

クルミくん、いるかな？

ドキドキしながらドアをノックすると、「はい？」って返事《へんじ》があった。

深呼吸《しんこきゅう》をしてからドアを開《あ》けると、中《なか》にいたクルミくんが目《め》を見《み》ひらいた。

「あれ、火花《ひばな》さん、どうしたの？」

わたしがくるなんて予想《よそう》してなかったっていう顔《かお》。

わたしは一歩前《いっぽまえ》に進《すす》みでた。

「――――**クルミくん！　わたしに、上手《じょうず》に写真《しゃしん》を撮《と》る方法《ほうほう》教《おし》えてくれない!?**」

「ええ!?」

目《め》をまるくするクルミくん。

いきなりこんなこと言《い》われても、おどろくよね。

「ええと、どうしてオレに？」

「それは……ええと、前《まえ》に見《み》せてもらったクルミくんの写真《しゃしん》が、すっごく素敵《すてき》だったから！ ガバーッて心《こころ》つかまれて、わたしもあんな写真撮《しゃしんと》りたいって思《おも》ったの！」

って、語彙力《ごいりょく》────！

ここにくる前《まえ》、クルミくんになんて言《い》おうか、何度《なんど》もシミュレーションしてたんだよ。

けどいざ口《くち》を開《ひら》くと、出《で》てきたのは、自分《じぶん》でも悲《かな》しくなる、勢《いきお》いだけの言葉《ことば》ばかり。

で、でも言《い》ってることは、本気《ほんき》だよ！

「…………ゴメンね、いきなりこんなこと言《い》って。じつは、コレがしたくて」

そう言《い》って、差《さ》しだしたスマホの画面《がめん》には、あるＳＮＳへの投稿《とうこう》が映《うつ》っている。

「……**『青春仕掛《せいしゅんしか》け人《にん》の、＃アオハルチャレンジ』**？」

首《くび》をかしげるクルミくん。

「アオハルチャレンジってね、この『青春仕掛《せいしゅんしか》け人《にん》』って人《ひと》がはじめた遊《あそ》びなんだ。最近《さいきん》クラスでも話題《わだい》になってるんだけど……知《し》らない？」

「うん……流行《はや》りとか、オレよくわからなくて」

こまった顔《かお》をするクルミくん。

まあ、そうだよね。

「最近《さいきん》はじまったばかりなんだ。説明《せつめい》するとね……」

ルールはとてもかんたん。
1　発起人《ほっきにん》である『青春仕掛け人《せいしゅんしかけにん》』さんから、SNS上《じょう》で、お題《だい》が出《で》る。
2　それを見《み》た人《ひと》が、お題《だい》にチャレンジして、証拠《しょうこ》となる写真《しゃしん》や動画《どうが》をSNSにポストする。
「えっと……。…………それだけ？」

拍子抜《ひょうしぬ》けしたみたいに、口《くち》を開《あ》けてるクルミくん。

「ポストして、それでどうするの？」

「どうもしないよ。あとはいろんな人《ひと》がSNSにあげた写真《しゃしん》を、見《み》て楽《たの》しむの。けど、やってみるとなんか楽《たの》しいって、評判《ひょうばん》なんだよ」

身《み》ぶり手《て》ぶりをつけて、一生懸命《いっしょうけんめい》、説明《せつめい》するわたし。

でも、言葉《ことば》だけじゃ、なに言《い》ってるかぜんぜんわからないよね……。

でも、わたしの熱意《ねつい》だけは伝《つた》わったのか……クルミくんが口元《くちもと》に手《て》をあてててつぶやく。

「そうなんだ……うーん、なるほど、お題《だい》にそって写真《しゃしん》を撮《と》るんだね。それは、ふだん撮《と》らない題材《だいざい》を撮《と》るきっかけになりそう。それに、同《おな》じテーマでいろんな人《ひと》が撮《と》る写真《しゃしん》を見《み》るのも、おもしろいかも」

あ。クルミくんの目《め》の色《いろ》が変《か》わった!?

わたしは前《まえ》のめりになってさらに説明《せつめい》する。

「それでねっ、せっかくやるなら、写真《しゃしん》を上手《じょうず》に撮《と》りたいじゃん。だからクルミくんに教《おし》えてもらいたいと思《おも》ったんだ……ダメかな？」

わたしはドキドキしながら答《こた》えを待《ま》ったけど、クルミくんがかるくうなずく。

「いいよ。どれだけ力《ちから》になれるかは、わからないけど」

やった――――！

「ありがとー！　じゃあさ、さっそくここでやってみていい？　この、**#友《とも》だちといっしょにおやつ**　っていうのやりたいんだ！」

言《い》いながら、わたしは持《も》っていたカバンからチョコレートを取《と》りだす。

ここにくる前《まえ》に、購買部《こうばいぶ》で買《か》ってきたんだ。

ジャーン！

ブロック状《じょう》のデコボコがついた、シンプルな板《いた》チョコ。

「えっ、オレと？　でも、お題《だい》は『友《とも》だちといっしょに』って……」

「そりゃもちろんクルミくんとだけど……ひょっとして『友《とも》だち』って言《い》われるの抵抗《ていこう》ある？」

わたしが言《い》うと、クルミくんはあわてたように両手《りょうて》をふって、それから照《て》れたような顔《かお》になる。

「いや、そんなことはないよ……ちょっとビックリして」

チョコレートに目《め》をおとしながら言《い》う、クルミくん。

うん。本当《ほんとう》に、いやがっているわけではないみたい。

よーし！

「じゃあ、やろう、アオハルチャレンジ！」

まず、片手《かたて》でチョコレートを持《も》って、パキンと半分《はんぶん》こ。

ちょっと大《おお》きさに差《さ》がでちゃったけど、まあいいか。

そのうちの大《おお》きいほうを、クルミくんに差《さ》しだした。

「はい、これクルミくんのぶん！」

空《あ》いてるもう片方《かたほう》の手《て》をのばして、自撮《じど》りモードにしたスマホをかまえる。

板《いた》チョコの割《わ》れたところを目《め》の前《まえ》でならべて、１枚《まい》にしてみたり。

いっせーのせで、呼吸《こきゅう》を合《あ》わせて、パキン！　とかじったり。

「あま～い！」って、そろって笑顔《えがお》になったり。

連写《れんしゃ》モードでたくさん撮《と》ったら……

あっ、なんかすごく青春《せいしゅん》っぽい写真《しゃしん》が撮《と》れてる！

「いい感《かん》じだよ！　あっ、いまさらだけど、この写真《しゃしん》ＳＮＳにあげていい？」

「もちろん。もともと、そのつもりで撮《と》ったんだから」

クルミくんの返事《へんじ》に、さっそくわたしは撮《と》ったばかりの写真《しゃしん》を加工《かこう》する。

加工《かこう》には、スタンプを使《つか》うんだ。

スタンプっていうのは撮《と》った写真《しゃしん》の上《うえ》にはりつける、ちょっとしたイラストのこと。

せっかく撮《と》ったツーショットの顔《かお》がかくれるのは、ちょっともったいないけど……。

ネットで顔《かお》をさらすのは、こわいからね。

それからわたしは、自分《じぶん》のSNSのアカウントを開《ひら》いて、そこにさっき加工《かこう》した写真《しゃしん》を表示《ひょうじ》させた。

そして#アオハルチャレンジ　や　#友《とも》だちといっしょにおやつ　ってタグを追加《ついか》。

これは、アオハルチャレンジへの投稿《とうこう》だよって、見《み》てる人《ひと》に知《し》らせるためのマークみたいなもの。

これらのワードで検索《けんさく》したら、いろんな人《ひと》が上《あ》げた写真《しゃしん》が出《で》てくる。

その中《なか》に、自分《じぶん》のポストする写真《しゃしん》も表示《ひょうじ》されて、人目《ひとめ》につきやすくなるの。


たくさんの人《ひと》が見《み》られる設定《せってい》でSNSで写真《しゃしん》をあげるときは注意《ちゅうい》しようもち。わるい人《ひと》に目《め》をつけられたり、写真《しゃしん》を勝手《かって》に利用《りよう》されたりするかもしれないもち……こわいもちよ(泣《なく》)。

もちウサギのSNSまめちしき

「タグ」っていうのは、SNSにポストするとき、見《み》る人《ひと》にわかりやすくお知《し》らせするためのマークみたいなものもち。言葉《ことば》の前《まえ》に「#」を入《い》れるとタグになるもち。タグで検索《けんさく》すると、そのタグがついたポストを探《さが》せて便利《べんり》もち！

もちウサギのSNSまめちしき

せっかくだから、たくさんの人《ひと》に見《み》てもらいたいじゃない？

スマホ上《じょう》でせわしなく動《うご》くわたしの手元《てもと》をのぞいていたクルミくんが、感心《かんしん》したように言《い》う。

「……すごいね。撮《と》った写真《しゃしん》を、ただ上《あ》げるだけじゃなくて、こんなふうにするんだ」

「べつにすごくないよ。わたしも、最近《さいきん》はじめたばかりだし」

「ううん、勉強《べんきょう》になるよ。今《いま》まで考《かんが》えずにポストしてたけど、こんなやり方《かた》もあるんだね」

キラキラした目《め》で見《み》つめられると、ちょっと照《て》れるなあ。

クルミくん、教室《きょうしつ》での印象《いんしょう》は無口《むくち》&無表情《アンドむひょうじょう》――って感《かん》じなのに、話《はな》してると、表情《ひょうじょう》がけっこう変《か》わる。

さあ、準備《じゅんび》ができて、いよいよ投稿《とうこう》だ。

最後《さいご》に内容《ないよう》をもう一度《いちど》見直《みなお》して、深呼吸《しんこきゅう》。

ドキドキしながら、ポストのボタンをタップする。

すると画面《がめん》が切《き》りかわって、さっきクルミくんと撮《と》った写真《しゃしん》が、パッと映《うつ》った。

ポスト完了《かんりょう》！

写真《しゃしん》がＳＮＳにあげられて、これで世界中《せかいじゅう》、だれでも見《み》られるようになったんだ！

「ご協力《きょうりょく》ありがと！　おかげでアオハルチャレンジができたよ」

「オレはなにもしてないよ。けど……うん。なんかわかった。楽《たの》しいね、これ」

と、クルミくん。

そうなんだ。

たんに写真《しゃしん》を撮《と》って、ポストするってだけなのに、ワクワクするんだよね。

クルミくんにもそう感《かん》じてもらえて、よかった！

クルミくんが、思《おも》いだしたように言《い》う。

「そうだ火花《ひばな》さん。チョコのお金《かね》、払《はら》うよ」

「ええ!?　いいよ、たのんだのはわたしなんだから！」

「でも……」

わあ、こまった顔《かお》してる……けど、それなら。

「じゃあさ。お金《かね》のかわりに、これからもチャレンジにつきあってくれない？」

「え、オレでよければ、もちろん。オレも……その、アオハルチャレンジ。またやってみたい」

クルミくんが、おだやかにニコッとしてくれる。

よーしっ、やったー！

好感触《こうかんしょく》に、心《こころ》の中《なか》でガッツポーズを取《と》る。

「じゃあ、また次《つぎ》のチャレンジも声《こえ》をかけるね！　近《ちか》いうちに、また新《あたら》しいお題《だい》が出《で》るから！」

「あ、そうなの？　お題発表《だいはっぴょう》がいつあるか、アナウンスされてるんだ」

「えっ!?　……え、あっ、えっと、いや……そ、そういうわけじゃないんだけど。な、なんとなく、そうかもなーって思《おも》っただけだよ、アハハ」

わたしはあわてて言《い》う。

な、なにはともあれ、「クルミくんと話《はな》すきっかけ」ゲットだよ。

――――けどね。

なんでもないように会話《かいわ》をしてるけど…………ごめんクルミくん。

じつは1つだけ、クルミくんに言《い》ってないことがある。

さっき話《はな》した、アオハルチャレンジの「青春仕掛け人《せいしゅんしかけにん》」っていうのは。

じつはその正体《しょうたい》……

このわたし、火花《ひばな》ほむらなの！

6 ボリュームMAX《マックス》で大失敗《だいしっぱい》!?

朝《あさ》のホームルーム前《まえ》の教室《きょうしつ》で。

わたしは席《せき》に着《つ》きながら、スマホの画面《がめん》をながめていた。

……あ、また♥がふえてる。

えへへへへ。

表示《ひょうじ》されているのは、昨日《きのう》SNSに上《あ》げた　**#友《とも》だちといっしょにおやつ**　のアオハルチャレンジ。

あれからひと晩《ばん》で、わたしのポストがもらった♥の数《かず》は、2けたになってる。

つまり10人《にん》以上《いじょう》が、この写真《しゃしん》を「いいね」「素敵《すてき》」って思《おも》ってくれたってことだよね。

♥を押《お》した人《ひと》の中《なか》には、顔《かお》も名前《なまえ》も知《し》らないだれかがいて。

そんな人《ひと》が、わたしのチャレンジに興味《きょうみ》をもってくれたって思《おも》うと、うれしいなあ。

なんてスマホを見《み》ながら笑《わら》っていたら、うしろからポンと肩《かた》をたたかれる。

「ほむらおはよー。なに見《み》てるの？」

「あ、千鶴《ちづる》。これだよ」

「ああ、アオハルチャレンジね。昨日《きのう》ほむらがあげてた、おやつのやつ、あたしも見《み》たよ」

「ありがとう。♥《いいね》くれてたよね」

♥をくれたうちの1人《ひとり》は、千鶴《ちづる》だったの。

「いっしょに写《うつ》ってた男子《だんし》と、なかよしーって感《かん》じがしていいね」

「えっ？　そ、そうかなー。ふふ、ありがとうー！」

実際《じっさい》は、まだそんなに距離《きょり》ちぢめられてないけど。

そうなりたいって思《おも》ってるし。

千鶴《ちづる》ってば、わたしの気持《きも》ちわかってるー！

そしてそんな千鶴《ちづる》も、ときどきいっしょにチャレンジをしている。

おたがいマイペースだから、「絶対《ぜったい》いっしょに」って決《き》めてるわけじゃなくて、タイミングが合《あ》ったら、いっしょに写真《しゃしん》を撮《と》るんだけど……。

「それにしてもほむら、けっこうハマってるね。SNSは見《み》る専《せん》って言《い》ってたのに、どういう風《かぜ》の吹《ふ》きまわし？」

「うん、なんとなく。せっかくアカウントあるんだから、活用《かつよう》してみようって思《おも》って」

なんて言《い》ったけど……。

わたしが『青春仕掛け人《せいしゅんしかけにん》』だってこと、千鶴《ちづる》にもナイショにしてる。

だから、ちょっと歯切《はぎ》れがわるくなる……。

そもそもアオハルチャレンジを思《おも》いついたきっかけは、この前《まえ》、朝《あさ》の番組《ばんぐみ》で見《み》た川柳《せんりゅう》。

あれみたいに、みんながお題《だい》にそったチャレンジをする遊《あそ》びがあれば、おもしろいかもって考《かんが》えたの。

だからって、わざわざ別《べつ》に新《あたら》しいアカウントを作《つく》って、アオハルチャレンジを仕掛《しか》けるなんて、我《われ》ながら手《て》がこんでるとは思《おも》うんだけどね……。

「ちょっと意外《いがい》だなあ。ほむらってば、いくらさそってもフォローもしてくれないから、ネットとかSNSとか苦手《にがて》なのかなって思《おも》ってた」

「う、うん……あんまり得意《とくい》ではないんだけどね」

じつはちょっと前《まえ》にネットがらみで、ちょっと……ううん。

かな――――りしんどいことがあった。

だけど、それは「もう終《お》わり！」ってことにしたんだ。

「いままではいままで、これからはこれからだよ。これからは、ばんばんチャレンジして、どんどんポストしていくから」

「うん。ところでこの　#おやつをたべるチャレンジ、あたしもやりたかったな」

あれ？　ひょっとして、千鶴《ちづる》もさそったほうがよかった？

「ご、ごめーん。昨日《きのう》の放課後《ほうかご》は、千鶴《ちづる》が部活《ぶかつ》だったから」

「まあそうなんだけど。あたしもほむらと、おかし食《た》べたいじゃん、なかよしなんだし！」

「あはは、だよね！　じゃあ、今日昼休《きょうひるやす》みにやろう。1人《ひとり》1回《かい》しかチャレンジしちゃいけないなんてルールはないし」

そんなルール、わたしは作《つく》ってない。

1つのお題《だい》にいくつもチャレンジ写真《しゃしん》をあげてる人《ひと》、いるしね。

すると千鶴《ちづる》は、きげんをなおしたように笑《わら》う。

「じゃあ、あとでいっしょに購買《こうばい》でおかし選《えら》ぼう！　ところで、さ、昨日《きのう》のほむらといっしょにチョコ食《た》べてた子《こ》って……」

千鶴《ちづる》が言《い》いかけたそのとき……。

「火花《ひばな》ー、昨日《きのう》のアオハルチャレンジの写真《しゃしん》に写《うつ》ってるやつ、だれだよー？」

わりこんできたデカい声《こえ》。

言《い》いながらやってきたのは、星野《ほしの》。すると千鶴《ちづる》も、

「あたしも気《き》になってた。星野《ほしの》かなって思《おも》ってたけど、ちがったんだね」

「オレじゃねーよ。火花《ひばな》、いっしょにチョコ食《く》ってたやつって……彼氏《かれし》か？」

「ええっ！」

彼氏《かれし》という言葉《ことば》をきいたとたん、わたしの背中《せなか》が、**ザ――――**ッと冷《つめ》たくなった。

ま、まってよ。

いっしょに写《うつ》ったのが男子《だんし》だからって、いきなりそうなっちゃうの!?

だけど星野《ほしの》の声《こえ》……と、わたしの声《こえ》もデカかったせいで、教室中《きょうしつじゅう》のあちこちから、

「え、火花《ひばな》さんつきあってる人《ひと》いるの？」

「相手《あいて》ダレ？」

なんて声《こえ》がきこえてくる。

あわわわわわ……！！！

そのとたん、おなかの中《なか》からせりあがるような、不安《ふあん》と焦《あせ》りがこみ上《あ》げてきた。

待《ま》って待《ま》って絶対《ぜったい》やだよ———！！！

「そっ、そんなんじゃないってば！　彼氏《かれし》だなんて絶対絶対絶対《ぜったいぜったいぜったい》ぜーったいちがう！ありえないから！」

気《き》がついたら、わたしは力《ちから》いっぱいの声《こえ》を出《だ》しちゃっていた。

一瞬教室《いっしゅんきょうしつ》がしんとなる。

あっ、ボリュームまちがえちゃった……。

でも——レンアイ関係《かんけい》でさわがれるのはほんとに絶対《ぜったい》、カンベンなんだ！

でもすぐにハッと気《き》づいた。

はなれた所《ところ》にある席《せき》に座《すわ》ったクルミくん

が、こっちを見《み》てることに。

い、今《いま》のきいてたよね。そりゃきこえるか……。

クルミくんは、いつも教室《きょうしつ》にいるときと同《おな》じ、無表情《むひょうじょう》で。

だけど目《め》があったと思《おも》った瞬間《しゅんかん》、するっと視線《しせん》をそらされた。

ああ〜〜〜！

彼氏《かれし》じゃないのは事実《じじつ》だけど、あんなふうに全力《ぜんりょく》の大声《おおごえ》で否定《ひてい》するのは、めちゃくちゃ失礼《しつれい》だったよね。

早《はや》くあやまらないと。

で、でもこの水《みず》をうったみたいにシンとした空気《くうき》も、なんとかしないと……。

わたしがあせっていると、千鶴《ちづる》が、

「こらー星野《ほしの》。あんたがさわぐから、ほむらがこまってるじゃない」

星野《ほしの》との間《あいだ》に入《はい》って。

千鶴《ちづる》らしいクールな声《こえ》で注意《ちゅうい》してくれる。

「オ、オレはただ気《き》になったから……」

「それにしたって、いきなり彼氏《かれし》とか言《い》われたらビックリするでしょ。ほむらはちがうって言《い》ってるんだから、もういいでしょ」

「ま、まあそうだな。火花《ひばな》、悪《わる》い」

星野《ほしの》が謝《あやま》ると、

「なんだ、星野《ほしの》の早《はや》とちりかよ」

って笑《わら》いがおきて、やっとこわばっていたわたしの体《からだ》が解《ほど》ける。

ありがとう千鶴《ちづる》、たすかったよ。

さりげなく、目《め》をやると、クルミくんは自分《じぶん》の机《つくえ》で、かるくうつむいている。

ここでわたしが声《こえ》をかけて、またさわぎがぶり返《かえ》したら、迷惑《めいわく》だよね？

結局《けっきょく》、すぐにチャイムが鳴《な》って、この場《ば》はうやむやになったけど……。

ホームルームが始《はじ》まってからもずっと、わたしはクルミくんのことが気《き》になりっぱなしだった。

7 つながるっていい感《かん》じ!

朝《あさ》のさわぎのせいで、ソワソワした気持《きも》ちは、放課後《ほうかご》までつづいていた。

クルミくんがどう思《おも》ってるか、心配《しんぱい》で……。

けど結局《けっきょく》、昼間《ひるま》は声《こえ》をかけることができなかったんだよね。

あーわたしのバカー!

っていうか、星野《ほしの》のバカ――――!

っていうか、やっぱりバカはわたし!

テンパって大声《おおごえ》出《だ》しちゃって。ほかにいいごまかし方《かた》があったんじゃないの!?

って、頭《あたま》をポカポカたたきたい気分《きぶん》だった。

ホームルームが終《お》わり、掃除当番《そうじとうばん》をすませると、わたしはまっすぐに写真部《しゃしんぶ》の部室《ぶしつ》に走《はし》った。

真《ま》っ先《さき》に、深《ふか》――――く、頭《あたま》を下《さ》げる。

「あ、あの……クルミくん！　今朝《けさ》は教室《きょうしつ》で、変《へん》な言《い》いかたしちゃって、ゴメンなさいっ！」

「ひょっとして、アオハルチャレンジの話《はなし》をしてたこと？」

カメラをいじりながら、クルミくんが言《い》う。

「うん、それ……」

すぐにわかってくれて話《はなし》が早《はや》いけど、クルミくんは無表情《むひょうじょう》。

その横顔《よこがお》からは、気《き》を悪《わる》くしてないか？　怒《おこ》ってないか？　ぜんぜん読《よ》めない。

するとクルミくんが、カメラから視線《しせん》を上《あ》げないままで言《い》った。

「火花《ひばな》さんはなにも悪《わる》くないって。それより、オレのほうこそ、よくなかったかも」

え!?　クルミくんはなにもしてないのに、どうして？

「火花《ひばな》さんがこまってたのに、動《うご》けなかったから。オレだって無関係《むかんけい》じゃないんだから、出《で》ていって否定《ひてい》するべきだったのかもしれないのに……」

「え？　ええー！　いや、それはいいから！」

もともと、わたしがさそって、わたしがポストしたんだもん。

だいたいクルミくんがあそこで「いっしょに写真《しゃしん》に写《うつ》ってたのはオレですけど」なんて言《い》いだしたら、よけいにさわぎが大《おお》きくなっていたかもしれないし。

いつも教室《きょうしつ》でしずかにすごしているクルミくんに、そんなことさせられないよ！

「クルミくんイヤじゃなかった？　……なんかキツイ言《い》い方《かた》しちゃって」

「それは気《き》にしないよ、だって本当《ほんとう》に彼氏《かれし》じゃないし。ハッキリ否定《ひてい》しないと火花《ひばな》さんのほうがこまるでしょ」

「ま、まあ……変《へん》なゴカイは、されたくないんだけど……」

レンアイがらみのトラブルは、超《ちょう》やっかいだ。

過去《かこ》の経験《けいけん》で、わたしはそれを、よ――――く知《し》ってる。

けど、それはそれとして……。

「本当《ほんとう》のことだから気《き》にしない」って、クルミくんのきっぱりした言《い》い方《かた》、うん、たしかにそうなんだけど、なんか凹《へこ》むなあ……。

クルミくんは、さらにとんでもないことを言《い》ってくる。

「こんなふうに放課後会《ほうかごあ》ったり、いっしょにアオハルチャレンジするのもやめたほうがいいね」

ええっ！

「**それはヤダ！！！**」

教室《きょうしつ》で否定《ひてい》したときと同《おな》じくらい、大《おお》きな声《こえ》がでてしまう。

そりゃあ、おもしろ半分《はんぶん》であれこれ詮索《せんさく》されるのはイヤだけどさ。そういうのを気《き》にして、しゃべりたい人《ひと》としゃべれなかったり、やりたいことができないのは、もっとイヤだよ！

「もしまたなにか言《い》われても、次《つぎ》はうまくごまかすから！　それともクルミくんがイヤかな？」

「オレは……うーん。火花《ひばな》さんと話《はな》すのは楽《たの》しいけど……正直言《しょうじきい》うと、人《ひと》と雑談《ざつだん》するのは苦手《にがて》」

クルミくんが、机《つくえ》の上《うえ》に、コトンとカメラをおく。

「それで、教室《きょうしつ》ではあまり話《はな》さないの？」

そうか……そうだったんだ。

わたし勝手《かって》に、「クルミくんもみんなの輪《わ》に入《はい》ったらいいのに」「そのきっかけを作《つく》ろう」なんて思《おも》っちゃってたけど。

わいわいするのが苦手《にがて》な人《ひと》だっているよね。

「クルミくんは、教室《きょうしつ》で1人《ひとり》でいるのって平気《へいき》？　写真部《しゃしんぶ》でも1人《ひとり》でしょ？」

「ぜんぜん平気《へいき》。1人《ひとり》でいるの得意《とくい》なんだ。暗《くら》いとか変《へん》なやつとか言《い》われることもあるけどね」

「そんなことないよ！」

わたしだって、1人《ひとり》でいたほうが楽《らく》なときはあるもの。

でもやっぱり、みんなから外《はず》れてると不安《ふあん》になるんだけど……。

だから、1人《ひとり》でいるのが得意《とくい》……って言《い》えるクルミくんは、なんだかかっこいいって思《おも》う。

そういえば教室《きょうしつ》でのクルミくんは、さみしそうとか、つまらなそうって感《かん》じじゃないもんね。

「あ、1人《ひとり》が得意《とくい》だし、大人数《おおにんずう》は苦手《にがて》だけど、火花《ひばな》さんと話《はな》したり、アオハルチャレンジやったりするのは、楽《たの》しいよ」

「！！！」

クルミくんが、照《て》れたように付《つ》け足《た》してくれる。

ホッとする気持《きも》ちと、うれしい気持《きも》ちがドッと、こみ上《あ》げてくる。

よかった、ムリにつきあわせてたわけじゃなかったんだ。

「…………じゃあさ、**みんなにはヒミツ**っていうのはどう!? 教室《きょうしつ》では、わたしがクルミくんに写真《しゃしん》の撮《と》り方習《かたなら》ってること、言《い》わないようにする。いっしょの写真《しゃしん》を上《あ》げるときは絶対《ぜったい》スタンプで顔《かお》をかくすし、話《はな》すなら教室《きょうしつ》じゃなくこの写真部《しゃしんぶ》の部室《ぶしつ》でってことで。――どうだろう！」

片手《かたて》を差《さ》しのべて。

あ、なんかこれ、少女《しょうじょ》マンガで**「つきあってくださいっ！」**っていうときのポーズみたい。

「……わかった。オレも気《き》をつけるね」

クルミくんが、表情《ひょうじょう》をやわらげてこたえてくれる。

よかった！　いつもの笑顔《えがお》を見《み》せてくれた！

「あ、そうだ、クルミくん。よかったらメッセージアプリ、つないでおかない？　それならいつでも連絡《れんらく》できるし。あと、ＳＮＳも相互《そうご》フォローしていい？」

本当《ほんとう》は昨日《きのう》やっておけばよかったんだけど、チャレンジ写真《しゃしん》をポストしたことに満足《まんぞく》して、すっかり忘《わす》れちゃってた。

「もちろん。オレの二次元《にじげん》バーコードは……」

クルミくんが画面《がめん》に表示《ひょうじ》した二次元《にじげん》バーコードを、わたしのスマホの写真《しゃしん》モードで読《よ》みとる。

と、画面《がめん》にクルミくんのアカウント「Y《ワイ》／K《ケー》」が表示《ひょうじ》された。

友《とも》だち追加《ついか》……っと。

「よろしく」というスタンプが送《おく》られてくる。

ただのアカウント交換《こうかん》なのに、クルミくんとつながった気《き》がして、うれしいなあ。

見《み》ればクルミくんも、ほんのり微笑《ほほえ》んで自分《じぶん》のスマホを見《み》ている。

クルミくんも、よろこんでくれてるのかなあ。

次《つぎ》はＳＮＳのほう。

わたしのスマホの画面《がめん》に、クルミくんのアカウントが表示《ひょうじ》される。

クルミくんのユーザー名《めい》は、『夜明《よあ》け』。

プロフィール写真《しゃしん》には、その名《な》の通《とお》り、日《ひ》の出《で》の空《そら》の写真《しゃしん》が使《つか》われてる。

拡大《かくだい》して見《み》ると、家《いえ》の屋根《やね》の間《あいだ》から、朝日《あさひ》が姿《すがた》を見《み》せてる。

撮《と》った季節《きせつ》はたぶん……冬《ふゆ》かな。

よく見《み》ると、家《いえ》の屋根《やね》にうっすら霜《しも》がおりてるのがわかった。

人気《ひとけ》のない、まだだれもいない閑散《かんさん》とした町《まち》が想像《そうぞう》できるような。

「これ、不安《ふあん》な気持《きも》ちを、朝日《あさひ》が温《あたた》めてくれてるみたい……」

「え、わかるの？」

クルミくんが目《め》を見《み》ひらいて、わたしを見《み》る。

えっと……わかるっていうか、なんとなく、そんなふうに感《かん》じたの。

「これは今年《ことし》の1月《がつ》に撮《と》った写真《しゃしん》なんだけど……オレ、受験《じゅけん》とか卒業《そつぎょう》とかで、ちょっと悩《なや》んでたんだ。けど、のぼっていく朝日《あさひ》を見《み》てたら、ふしぎと気持《きも》ちが楽《らく》になったんだよ」

1月《がつ》、か。

あのころはわたしも色々《いろいろ》あって、中学生《ちゅうがくせい》になってうまくやっていけるか不安《ふあん》だった。

クルミくんも、同《おな》じだったんだね。

「SNSをはじめたとき、最初《さいしょ》にこの写真《しゃしん》をプロフィールに使《つか》おうって決《き》めたんだ。『夜明《よあ》け』って名前《なまえ》は、写真《しゃしん》にあわせてなんとなく入《い》れたんだけど」

「いい名前《なまえ》だし……いい写真《しゃしん》だね」

写真《しゃしん》ありきで考《かんが》えるってクルミくんっぽい。

「火花《ひばな》さんのユーザー名《めい》は、『灯《ともしび》』なんだね」

「うん。苗字《みょうじ》が火花《ひばな》で名前《なまえ》がほむらだから、てきとうにイメージが近《ちか》い言葉《ことば》にしただけだけど」

『火花《ひばな》』も『ほむら』も火《ひ》を連想《れんそう》させるから。

「プロフィールのアイコン、かわいいね。これって、もちウサギ？」

そう、わたしがアイコンに使《つか》っているのは『もちウサギ』っていうキャラクター。

かがみもちに目《め》と口《くち》がついてウサギの耳《みみ》が生《は》えた、キュートなマスコットキャラなの。

「火花《ひばな》さん、もちウサギ好《す》きなの？」

「うん。小学校《しょうがっこう》のころグッズ集《あつ》めてたし。中学生《ちゅうがくせい》なのに子《こ》どもっぽいかなって思《おも》ったんだけど」

「火花《ひばな》さんが好《す》きなら、いいんじゃないかな。もちウサギ、かわいいしね」

笑顔《えがお》を見《み》せてくれるクルミくんに、ホッとする。

それから、クルミくんのポストしている写真《しゃしん》を、じっくり1つずつ見《み》ていく。

「そういえばクルミくん、新《あたら》しい写真投稿《しゃしんとうこう》したんだね」

一番上《いちばんうえ》にポストされていたのは、川《かわ》を写《うつ》した写真《しゃしん》。

夕方《ゆうがた》に撮《と》ったのか、川面《かわも》にまっかな夕日《ゆうひ》の色《いろ》が反射《はんしゃ》して、絶妙《ぜつみょう》なグラデーションになってる！

見惚《みと》れるには十分《じゅうぶん》な写真《しゃしん》だったんだけど、わたしが目《め》を留《と》めた理由《りゆう》がもう1つ。

そのポストに、**#アオハルチャレンジ**のタグがつけられていたから。

「……！　これ、アオハルチャレンジの写真《しゃしん》だよね。**#夕焼《ゆうや》けの写真《しゃしん》を撮《と》る**ってやつ」

わたしが考《かんが》えたお題《だい》なんだから、まちがいない！

するとクルミくんは、ちょっと照《て》れくさそうな顔《かお》でうなずいた。

「うん。昨日学校帰《きのうがっこうがえ》りにその景色《けしき》を見《み》つけてね。火花《ひばな》さんが言《い》ってたお題《だい》を思《おも》いだして、撮《と》ってみたんだけど、あってた？」

クルミくん、1人《ひとり》でもアオハルチャレンジをやってくれたんだ！

「いい、いい！　お題《だい》にあってて、タグがついてたらなんだっていいんだよ」

「よかった。その写真《しゃしん》、じつははじめて♥《いいね》をもらったんだ。今《いま》までどんな写真《しゃしん》を投稿《とうこう》してもぜんぜんだったから、おどろいたよ」

「本当《ほんとう》!?」

見《み》てみるとたしかに、♥が3つ、ついてる。

写真《しゃしん》のクオリティを考《かんが》えたら、もっともっと多《おお》くていいけど。

「今《いま》までは反応《はんのう》がなくても気《き》にしてなかったけど——だれかに見《み》てもらえるのってうれしいね」

クルミくんが、画面《がめん》の♥を見《み》ながらつぶやく。

「でしょでしょ！」

「アオハルチャレンジのタグのおかげだよ。火花《ひばな》さん、教《おし》えてくれてありがとう」

「あ、わたしはたいしたことは……あっそうだ、わたしもいいねするね！」

照《て》れをかくしながら、♥のマークをタップする。

「あ。♥《いいね》が増《ふ》えた！」

顔《かお》をあげるクルミくんに、くすぐったい気持《きも》ちで、わたしも笑《わら》いかえす。

今《いま》までだれの目《め》にも留《と》まらなかった、クルミくんの写真《しゃしん》。

だけどこうして見《み》てもらえて、いいって思《おも》ってもらえたことが、すごくうれしい。

わたしのしたことは、ほんのちょっとのきっかけを作《つく》っただけだけど……それでもとても、幸《しあわ》せな気持《きも》ちになった。

8 呪《のろ》いの言葉《ことば》に負《ま》けないで

クルミくんとSNSを相互《そうご》フォローして、おたがいの連絡先《れんらくさき》を交換《こうかん》してから数日後《すうじつご》。

4時間目《じかんめ》の授業《じゅぎょう》が始《はじ》まる前《まえ》、わたしは体育当番《たいいくとうばん》として、授業《じゅぎょう》の準備《じゅんび》をしていた。

うちの学校《がっこう》では、体育《たいいく》は男女《だんじょ》にわかれて、となりのクラスと合同《ごうどう》で行《おこな》っているんだけど。

毎回各《まいかいかく》クラスから1人《ひとり》ずつ、当番《とうばん》の子《こ》が準備《じゅんび》をすることになってるの。

今日《きょう》は体育館《たいいくかん》でバレー。

最近暑《さいきんあつ》くなってきたから、屋外《おくがい》でやらなくてすむのは助《たす》かるよ。

体操服《たいそうふく》に着替《きが》えて、バレーボールをとりに体育倉庫《たいいくそうこ》にやってきたら……

そこにあまり会《あ》いたくない人《ひと》の顔《かお》があった。

「あ、……早苗《さなえ》」

「ほむらちゃん……」

そこにいたのはふわふわしたウエーブのかかった髪《かみ》の、小柄《こがら》な女《おんな》の子《こ》。

ちょっと気弱《きよわ》そうな眉《まゆ》の下《した》から、わたしを見《み》る。

となりのクラスの……折笠早苗《おりがささなえ》。

そしてわたしと小学校《しょうがっこう》が同《おな》じ「もと」友《とも》だち。

ここで会《あ》うってことは、ひょっとして……。

「今日《きょう》のそっちのクラスの体育当番《たいいくとうばん》って早苗《さなえ》ちゃ……早苗《さなえ》なの？」

つい『早苗《さなえ》ちゃん』って呼《よ》びそうになったけど、あわてて言《い》いなおす。

早苗《さなえ》は、返事《へんじ》もしない。

中学《ちゅうがく》に入《はい》ってから、ずっとおそれてた日《ひ》が、とうとうきちゃった。

むこうも同《おな》じことを思《おも》ったのか、ぷいっと目《め》をそらして、1人《ひとり》でバレーボールの入《はい》ったカゴを運《はこ》びにかかる。

無視《むし》、かあ……。

わたしとは、口《くち》もききたくないってこと。

早苗《さなえ》とは、小学校時代《しょうがっこうじだい》にいろいろ……本当《ほんとう》にいろいろあったんだ。

思《おも》いだすと、いまでも苦《くる》しい気持《きも》ちがわきあがってきそう。

だめだめ、最近《さいきん》のわたし、けっこう充実《じゅうじつ》してるんだし！

アオハルチャレンジのための写真《しゃしん》が、少《すこ》しずつスマホの中《なか》に増《ふ》えて……。

それを見《み》てると、ちっちゃいころからあこがれてた「青春《せいしゅん》」のまんなかにいるような気《き》がして。

いつもと同《おな》じ学校生活《がっこうせいかつ》を送《おく》ってるのに、ＳＮＳ上《じょう》の自分《じぶん》は、もっとキラキラしてるっていうか。

アオハルチャレンジがきっかけで、それまであまりからまなかった子《こ》と話《はな》すことも増《ふ》えたし。

気《き》がついたら、小学校時代《しょうがっこうじだい》のことは思《おも》いださなくなっていた。

早苗《さなえ》だって楽《たの》しくやってるだろうし、もうかかわらないのが一番《いちばん》だよね！……って思《おも》ったのに。

「――あのさ」

一瞬《いっしゅん》、息《いき》が止《と》まった。

早苗《さなえ》が話《はな》しかけてきたんだ。

「な、なに？」

おもわず声《こえ》がうらがえりそうになった。

「よけいなお世話《せわ》かもしれないけど……最近《さいきん》ほむらちゃんのこと、うちのクラスでウワサになってるの。その……調子《ちょうし》にのってるって言《い》ってる人《ひと》もいて……」

はぁ!? いきなりなに？

「調子《ちょうし》にのってるって……どうして？」

「わ、私《わたし》が言《い》ったんじゃないよ。けど知《し》ってるでしょ、ほむらちゃんって目立《めだ》つんだよ。ほむらちゃんにその気《き》がなくても、ちょっとはしゃいでるだけで気《き》にさわる人《ひと》はいるんだから……」

「そ、そんなこと……！」

ない……とは、言《い》えないか。

思《おも》わず、唇《くちびる》をかむ。

スポーツが得意《とくい》だったり、男子《だんし》とも割《わり》と話《はな》したりしてたせいか、目立《めだ》つことが多《おお》くて。

小学校《しょうがっこう》のころから「ずるい」とか「ほむらばっかり」と言《い》われちゃうことがあった。

みんなと同《おな》じようにしてるつもりなのに、「おもしろくない」って感《かん》じる人《ひと》がいて。

小学生《しょうがくせい》のころは悩《なや》んだし、中学《ちゅうがく》に入《はい》ったはじめも、どういうテンションでいようか迷《まよ》ったけど。

でも最近《さいきん》、やっとうまくいってる気《き》がするのに、どうしてまた、こんなことを言《い》われるの？

しかも、それを早苗《さなえ》が言《い》うなんて！

思《おも》わず、目《め》をするどくして早苗《さなえ》をにらみつける。

「わたし、その子《こ》に迷惑《めいわく》かけた？　そんなふんわりした文句《もんく》言《い》われても意味《いみ》わかんない！」

「だ、だから、言《い》ったのは私《わたし》じゃなくて……」

「じゃあだれ!?　わたし、直接《ちょくせつ》その子《こ》と話《はなし》をするから、教《おし》えてよ」

「それは……」

あっ、身《み》をちぢめて、だまっちゃった。

これじゃあ、わたしが早苗《さなえ》をいじめてるみたい。

けど先《さき》に突《つ》っかかってきたのは早苗《さなえ》だし。

こたえないってことは、わたしのことを気《き》に入《い》らないのって、ほかの人《ひと》じゃなくて早苗自身《さなえじしん》なんじゃない？　なんて思《おも》えてしまう。

早苗《さなえ》は少《すこ》しの間《あいだ》うつむいていたけど、やがて顔《かお》をあげた。

「と、とにかく。ほむらちゃんのことを、よく思《おも》ってない子《こ》もいるってこと。また、あんなことになるかもしれないいんだから……気《き》をつけて」

「っ！」

わたしが言葉《ことば》を失《うしな》ってる間《あいだ》に、早苗《さなえ》はもう話《はなし》は終《お》わったと言《い》わんばかりに、パタパタッとわたしの横《よこ》を通《とお》りぬける。

「あ、ちょっと……」

授業《じゅぎょう》で必要《ひつよう》な道具《どうぐ》をもって、さっさと出《で》ていっちゃって。

倉庫《そうこ》の中《なか》には、わたしだけが残《のこ》された。

「〜〜〜〜〜！」

あああー、モヤモヤするー！

近《ちか》くにあったボールをほうりなげたくなったけど、グッとガマンする。

「こんなの、呪《のろ》いみたいじゃん……！」

のびのびと楽《たの》しもう！　って思《おも》ったとたん、わたしの心《こころ》に鎖《くさり》をつなぐみたいな言葉《ことば》。

本当《ほんとう》に、いやになるけど、一度《いちど》きいた言葉《ことば》は、なかったことにはならないんだ。

胸《むね》の中《なか》がいやな気持《きも》ちでいっぱいになって、ため息《いき》が出《で》る。

……早苗《さなえ》かあ。

小《ちい》さいころは、おたがいの家《いえ》を行《い》き来《き》して遊《あそ》ぶくらい仲《なか》がよかったのに。

活発《かっぱつ》なわたしと、ちょっとおとなしい早苗《さなえ》は、正反対《せいはんたい》だけど息《いき》があって……「親友《しんゆう》」だって思《おも》っていたのに。

こんなふうに、目《め》も合《あ》わせられなくなるなんて……。

「おーい、ほむら？」

体育館《たいいくかん》の床《ゆか》に目《め》を落《お》として考《かんが》えこんでいると、倉庫《そうこ》の外《そと》から、千鶴《ちづる》が顔《かお》を出《だ》してきた。

「なにボーッとしてるの？　先生《せんせい》がまだかって、おこってるよ」

「あっ、ごめん。すぐいくね！」

わたしは、足《あし》ばやに倉庫《そうこ》を出《で》る。

早苗《さなえ》のことは気《き》になったけど……気持《きも》ちをきりかえよう。

早苗《さなえ》にどう思《おも》われていたっていい。

わたしのアオハルを、じゃまなんかできないんだから！

9 アオハルの大流行《だいりゅうこう》!?

「――この気持《きも》ち、本当《ほんとう》にわからない？　……ほむら」

「ちょ、ちょっとちょっと千鶴《ちづる》……？」

「ダメ……逃《に》がさないよ」

間近《まぢか》にせまる、マジな顔《かお》。

熱《ねつ》のこもったまなざしが、まっすぐにわたしを見《み》ている。

そして、わたしの顔《かお》のすぐ横《よこ》の壁《かべ》につかれた手《て》。

……って、目《め》の前《まえ》にいる相手《あいて》は、千鶴《ちづる》なんだけどね。

「ムリムリムリ、もう限界《げんかい》！　千鶴《ちづる》ってばノリよすぎだって！」

ガマンできなくなったわたしが、赤面《せきめん》してさけぶ。

すると壁《かべ》ドンするのをやめた千鶴《ちづる》が、大《おお》きな口《くち》を開《あ》けて「あははは！」って笑《わら》った。

「ヤバこれ楽《たの》しいね。クセになりそう！」
昼休《ひるやす》みの学校《がっこう》の中庭《なかにわ》。
千鶴《ちづる》は今《いま》、男子《だんし》のネクタイをしめてる。
なにをしているのかって？　#アオハルチャレンジだよ。
昨日《きのう》、「青春仕掛け人《せいしゅんしかけにん》」であるわたしが出《だ》した、新《あたら》しいお題《だい》は、#ときめき壁《かべ》ドン。
「壁《かべ》ドン」って、少女《しょうじょ》マンガで、イケメンがヒロイン相手《あいて》にやってるアレね。
さっそく朝《あさ》から話題《わだい》になって、千鶴《ちづる》が「一度《いちど》、やってみたかったんだー」って。
しかもなぜか壁《かべ》ドンされる側《がわ》じゃなくて、する側《がわ》を希望《きぼう》したんだけど……。
実際《じっさい》やってみると千鶴《ちづる》がイケメンすぎた。
中庭《なかにわ》でチャレンジしてたわたしたちのま

わりには、すっかり人《ひと》だかりができていて、黄色《きいろ》い声《こえ》を上《あ》げる女子《じょし》もいる。

「ベストショットいただきました〜！　ほむら、この顔《かお》、本気《ほんき》でときめいちゃってるじゃん」

写真《しゃしん》を撮《と》ってくれていた子《こ》が言《い》ってきて、思《おも》わず赤面《せきめん》する。

「だ、だって、千鶴《ちづる》がイケメンすぎるんだよ！　セリフまで少女《しょうじょ》マンガみたいだしっ！」

「たしかにこれはヤバいよね。千鶴《ちづる》、次《つぎ》は私《わたし》にもやって〜」

「はいよ、どんどんきな〜〜」

千鶴《ちづる》の前《まえ》に列《れつ》を作《つく》って、壁《かべ》ドンされていく女子《じょし》たち。

かわるがわる写真《しゃしん》を撮《と》っては、みんなきゃーきゃー言《い》って見《み》せあってる。

「ちづちゃんかっこいい〜。スタンプで顔《かお》かくすのもったいない」

「次《つぎ》はべつのアングルで撮《と》ろうよ」

さっそく、#アオハルチャレンジのタグをつけて、投稿《とうこう》してる子《こ》たちもいる。

壁《かべ》ドンは、昨夜《ゆうべ》アプリでマンガを読《よ》んでいて、思《おも》いついたネタだったんだけど。

こんなに大《おお》ウケするなんてなあ……すると、

「ちくしょう。千鶴《ちづる》のやつ、オレよりモテてるじゃねーか」

くやしそうに千鶴《ちづる》を見《み》てるのは、ネクタイなしの星野《ほしの》。

じつは、千鶴《ちづる》が今《いま》つけてるネクタイは、星野《ほしの》からむりやり借《か》りたもの。

千鶴《ちづる》が、男子《だんし》の格好《かっこう》をしてやりたいって言《い》って、星野《ほしの》からひっぺがしたの。

「悪《わる》いね星野《ほしの》ー。あとで返《かえ》すからさっ」

「えー、ちづちゃんネクタイ似合《にあ》うよ！」

「ずっとこのましててよ」

「あははっ、それいいかも」

ノリノリになった千鶴《ちづる》がクルッと回《まわ》ってポーズを決《き》めると、また歓声《かんせい》が上《あ》がる。

「おいおい、それじゃあオレは!?」

「あたしのリボン貸《か》してあげるよ？」

「そういう問題《もんだい》じゃねーよっ！　……あ、そうだ火花《ひばな》」

星野《ほしの》はこっちをむいてきて言《い》う。

「オレもアオハルチャレンジやりたいからさ、いっしょに壁《かべ》ドンやろーぜ」

「へ？」

「いいだろ？　スゲー壁《かべ》ドンして、絶対《ぜったい》千鶴《ちづる》に勝《か》ってやる」

千鶴《ちづる》にライバル心《しん》むき出《だ》しにしてる星野《ほしの》だけど、そもそも壁《かべ》ドンの勝《か》ち負《ま》けってなに!?

それに、ね……。

「えーと、ごめん。わたしはちょっと……」

と、もごもごもご。

だって、男子《だんし》と写真撮《しゃしんと》ったりすると、さ。

また彼氏《かれし》だのなんだの、だれかに言《い》われるかもしれないじゃない。それに……。

「おーい、ノリわるいな？　遊《あそ》びだろ？」

「それはそうなんだけどさ……」

忘《わす》れようとしてたのに、早苗《さなえ》から言《い》われた呪《のろ》いの言葉《ことば》を思《おも》いだしちゃう。

星野《ほしの》って、スポーツが得意《とくい》で、女子《じょし》からわりと人気《にんき》がある。

そんな星野《ほしの》と壁《かべ》ドンしたら、どこかのだれかがまた、陰《かげ》で調子《ちょうし》にのってるなんて言《い》うかもって。

あ――――！

こういうこと考《かんが》えなきゃいけないの、本当《ほんとう》にめんどくさ～～～い！

「わかった。**やろう星野《ほしの》。壁《かべ》ドン**」

「よしじゃあさっそく……わっ!?」

と声《こえ》を上《あ》げる星野《ほしの》。

わたしが星野《ほしの》の両肩《りょうかた》をつかんで、校舎《こうしゃ》の壁《かべ》に押《お》しつけたの。

そしてそのままスカートをひるがえして、星野《ほしの》のわきに、片足《かたあし》を**ドンッ！**ってつく。

「ひ、火花《ひばな》？」

「どう？　**これだって壁《かべ》ドンでしょ**」

目《め》を丸《まる》くする星野《ほしの》に、ニッコリ笑《わら》う。

マンガでワイルド系《けい》の男子《だんし》がやる壁《かべ》ドンの一種《いっしゅ》で、足《あし》ドンとも呼《よ》ばれてる。

不良《ふりょう》キャラが、相手《あいて》を怖《こわ》がらせるときなんかに使《つか》われることも多《おお》いんだけどね。

星野《ほしの》はポカンとしたけど、すぐにハッとなったみたいにさけぶ。

「おい火花《ひばな》――！　**オレがやりたかった壁《かべ》ドンはこれじゃねー！**」

「いいでしょ、女子《じょし》が壁《かべ》ドンしても」

「マジかよ――っ!?」

まわりの男子《だんし》が「星野《ほしの》ウケるー！」って笑《わら》いな

がら、写真《しゃしん》を撮《と》ってる。

ちょっと悪《わる》いことしちゃったかな？

あ、でも星野《ほしの》、「じゃあお前《まえ》らに壁《かべ》ドンしてやるーっ！」って追《お》いかけっこしてるし、いいか。

千鶴《ちづる》が、楽《たの》しそうに言《い》う。

「さすがほむら、ナイスアイディア。ふつうの壁《かべ》ドンじゃつまらないもんね～」

そういうわけじゃなかったんだけど、まあいいか。
#ときめき壁《かべ》ドン、チャレンジは過去《かこ》最高《さいこう》の盛《も》りあがりを見《み》せてる。
仕掛《しか》け人《にん》としては、大満足《だいまんぞく》だよ。

せっかくだから、放課後《ほうかご》、クルミくんもさそってみちゃおうかな……。

「それにしても、チャレンジのネタ出《だ》してる『青春《せいしゅん》仕掛《しか》け人《にん》』ってどんな人《ひと》なんだろうねー？」

っ！

1人《ひとり》が言《い》った言葉《ことば》に、ドキンと心臓《しんぞう》がはね上《あ》がる。

すると、もどってきた星野《ほしの》が言《い》う。

「青春《せいしゅん》仕掛《しか》け人《にん》っていうからには、オレたちと同《おな》じ中学生《ちゅうがくせい》か、高校生《こうこうせい》じゃねーの？」

「いや、青春《せいしゅん》をやりなおしたいって、アオハルチャレンジやってる社会人《しゃかいじん》もいるでしょ。だったら青春仕掛《せいしゅんしか》け人《にん》も、もっと年上《としうえ》かも？」

「直接《ちょくせつ》きいてみるか？　DM《ディーエム》送《おく》ってさ？」

笑《わら》いながらそんな話《はなし》をしてるけど、や、やめてー！

わたしはあわてながら星野《ほしの》に言《い》う。

「……DM《ディーエム》はやめたほうがいいんじゃない？　そういうの、いやがる人《ひと》もいるし」

「ははっ、冗談《じょうだん》だよジョーダン。けどどんなやつかは、やっぱり気《き》になるよな。こんなおもしろい遊《あそ》びを考《かんが》えたってことは、バラエティー番組《ばんぐみ》のプロデューサーとか？」

いや、ただの中学生《ちゅうがくせい》だから〜〜〜！

だけどさけびたくなるのを、グッとガマンする。

アオハルチャレンジはもともと、クルミくんと話《はな》すきっかけがほしくてはじめたこと。

でも、それがバレるのはちょっと……ううん、かなりはずかしい。

だからわたしが、青春仕掛《せいしゅんしか》け人《にん》だってことは絶対《ぜったい》に秘密《ひみつ》！

「ん？　ほむらどうしたの？」

「な、なんでもないよ。わたし、ちょっとトイレ……」

千鶴《ちづる》に言《い》い残《のこ》して、校舎《こうしゃ》の中《なか》へむかう。


「DM《ディーエム》」はダイレクトメッセージの略《りゃく》もち。だれかのアカウントに、その人《ひと》だけ読《よ》めるメッセージを送《おく》ることもちよ。ただ、おたがいを「フォロー」してないとメッセージが表示《ひょうじ》されない設定《せってい》にしている人《ひと》も多《おお》いから、読《よ》んでもらえるとはかぎらないもち。

もちウサギの SNSまめちしき

思《おも》いつきではじめたアオハルチャレンジが、まさかこんなに流行《はや》るなんてね。

けどみんなで遊《あそ》ぶのもおもしろいし、はじめてよかったよ……。

そんなことを思《おも》いながらスマホを取《と》り出《だ》して、クルミくんのアカウント、『夜明《よあ》け』さんのポストを見《み》ると……。

あっ、新《あたら》しい写真《しゃしん》が上《あ》がってる。

これって……場所《ばしょ》は、屋外《おくがい》かな。

さっきわたしたちが壁《かべ》ドンをしていた校舎《こうしゃ》の壁《かべ》に似《に》た色《いろ》の壁《かべ》が、写真全体《しゃしんぜんたい》に写《うつ》ってる。

少《すこ》しヒビが入《はい》った壁《かべ》の表面《ひょうめん》に、ピントが合《あ》ってる。

そして画面《がめん》の左側《ひだりがわ》に、見切《みき》れるように、壁《かべ》についた手《て》が写《うつ》ってる。

変《か》わった構図《こうず》だけど、これなんだろう？

クルミくん、ひょっとしてポストする写真《しゃしん》まちがえたのかなあ……

ううん、ちがう！

写真《しゃしん》の下《した》に　#アオハルチャレンジ　#ときめき壁《かべ》ドン　ってタグがついてるもの。

あ、これはもしかして……！

わたしは、クルミくんにメッセージを送《おく》った。

[クルミくん、#ときめき壁《かべ》ドンの写真《しゃしん》見《み》たよ]
すると、すぐに返事《へんじ》がある。
[ありがとう。写真《しゃしん》の意味《いみ》、わかった？]
[ひょっとして、壁《かべ》ドンをしてる人《ひと》の視点《してん》で、写真《しゃしん》を撮《と》ったってこと？]
さっきわたしが千鶴《ちづる》と撮《と》っていたのは、壁《かべ》ドンしてる人《ひと》とされてる人《ひと》の両方《りょうほう》を「引《ひ》き」で写《うつ》した写真《しゃしん》だったけど。
クルミくんが撮《と》ったのは、壁《かべ》ドンしてる人《ひと》の視界《しかい》だったんじゃないかな？　って。
けど確信《かくしん》があるわけじゃない。
ドキドキしていると、返信《へんしん》がきた。
[正解《せいかい》。ちょっと伝《つた》わりにくかったかなって思《おも》ったんだけど、よかった]
当《あ》たってた！
[クルミくんの写真《しゃしん》だから、絶対《ぜったい》なにか意味《いみ》があるって思《おも》って。けど壁《かべ》ドンなのに、相手《あいて》がいないのはどうして？　そこはわからなかったんだけど]
[構図《こうず》を考《かんが》えてたら雨風《あめかぜ》にさらされて色《いろ》あせた壁《かべ》のヒビやシミが撮《と》りたくなって。いちおう壁《かべ》に手《て》をついてるから「壁《かべ》ドン」のタグをつけていいのかなって思《おも》ったんだけど……ダメだった？]

[ううん！　ぜんぜん平気《へいき》！]

たぶんこういうのって、正解《せいかい》や不正解《ふせいかい》なんてない。

クルミくんがこれだって思《おも》ったなら、きっとそれがクルミくんなりの、アオハルチャレンジなんじゃないかな。

[ありがとう。オレの撮《と》りたかったもの、火花《ひばな》さんならわかってくれる気《き》がしたんだ]

送《おく》られてきたメッセージに、ドキッとする。

わたしも、クルミくんの気持《きも》ちがわかってうれしい……。

けどその気持《きも》ちを文字《もじ》に書《か》こうとして、途中《とちゅう》で手《て》を止《と》める。

こんなの、はずかしくて送《おく》れないよ！

わたしは書《か》きかけの文章《ぶんしょう》を消《け》すと、メッセージにスタンプだけ押《お》して、スマホをしまった。

クルミくん、楽《たの》しんでくれてるって、思《おも》っていいよね。

やっぱり、アオハルチャレンジをはじめてよかったな……！

そんなことを考《かんが》えながらトイレに行《い》って、手《て》を洗《あら》っていたときだ。

ふととなりにだれかが立《た》って、ちらっと見《み》ると……げっ！

出《で》かかった声《こえ》を、あわててのみこむ。

そこにいたのは、あの早苗《さなえ》だったんだ。

しかも、なんでそんなに深刻《しんこく》な顔《かお》をしてるの!?

「ちょっといい？」

「――っ、なに？」

「2組《くみ》がやってるアオハルチャレンジ……**あれ流行《はや》らせてるの、ほむらちゃんでしょ**」

「えっ……はぁっ!?」

待《ま》って待《ま》って待《ま》って！　「流行《はや》らせた」ってまさか！

ひょ、ひょっとして、わたしが「青春仕掛《せいしゅんしか》け人《にん》」だって、バレてるの!?

10 仕掛《しか》け人《にん》の正体《しょうたい》、バレちゃった!?

告《つ》げられた言葉《ことば》に、頭《あたま》の中《なか》が真《ま》っ白《しろ》になる。

まさか早苗《さなえ》、わたしが「青春《せいしゅん》仕掛《しか》け人《にん》」だって知《し》ってるの？　いったいどうして!?

「な、なんでっ？」

「そりゃあ、あれだけ派手《はで》にやってるんだもの。宣伝《せんでん》してるようなものだよ」

「べつにさわいでないけど……」

「本気《ほんき》で言《い》ってる？　中庭《なかにわ》に人集《ひとあつ》めて大々的《だいだいてき》にやってるじゃない。ほむらちゃんが中心《ちゅうしん》でしょ？」

「ち、ちがうってば、そりゃ、みんなもやってくれたらいいなと思《おも》ってたけど、あれはわたしと千鶴《ちづる》がやってたら、みんなも盛《も》りあがったってだけで……」

ただ自分《じぶん》で思《おも》ってたよりアオハルチャレンジをやってくれる人《ひと》がいっぱい出《で》てきて。

仕掛《しか》け人《にん》だから、興味《きょうみ》をもってもらえるのはうれしいし、もっとたくさんの人《ひと》がやってくれたらうれしいけど、流行《はや》らせようなんて……って、ちょっと待《ま》って。

「ひょっとして早苗《さなえ》が言《い》ってるのって、わたしが学校《がっこう》で、アオハルチャレンジをしてること？」

キョトンとするわたしを、早苗《さなえ》が黒目《くろめ》がちな目《め》で見《み》つめる。

「ほかになにかあるの？」

「そりゃ本当《ほんとう》はわたしが仕掛《しか》……あ、ううん、やっぱいい」

いけない、危《あや》うくしゃべっちゃうところだった。

いきなり言《い》われたから、てっきりわたしが仕掛《しか》け人《にん》だってことがバレたのかと思《おも》ったけど。

早苗《さなえ》のこの様子《ようす》。たぶんちがう。

クラスでやってることを、言《い》ってるだけみたい。

「なるほど。かんちがいならよかった」

「なにぶつぶつ言《い》ってるの？」

おっといけない。

バレてないことにホッとしちゃったけど、早苗《さなえ》がなにか言《い》いたそうなのは変《か》わらないんだった。

でも……。

「この前《まえ》から、なにが言《い》いたいの？　わたしがなにをしてても早苗《さなえ》には関係《かんけい》ないでしょ」

ここは、正面《しょうめん》きってきっぱり伝《つた》えておこう。

だってクラスもちがうし……もう、友《とも》だちじゃないんだから。

話《はな》すと苦《くる》しくなるから、かかわりたくないのに。

だけど早苗《さなえ》は、なんだか必死《ひっし》な感《かん》じに言《い》う。

「だから……だれかにまた目《め》をつけられたらどうするの？　私《わたし》はそれが心配《しんぱい》なんだってば」

「はぁ？」

なにそれ。前《まえ》も思《おも》ったけど、理不尽《りふじん》！

わたしは友《とも》だちと楽《たの》しんでるだけなのに、どうして勝手《かって》に心配《しんぱい》されなきゃいけないの!?

早苗《さなえ》はまっすぐにわたしを見《み》ながら、さらにこんなことを言《い》ってきた。

「もう少《すこ》し目立《めだ》たないように気《き》をつけようよ。でないと今度《こんど》は、炎上《えんじょう》どころじゃすまないかもしれないでしょ、ほむらちゃん……」

「――っ!?」

炎上《えんじょう》。

早苗《さなえ》の口《くち》からその言葉《ことば》が出《で》た瞬間《しゅんかん》、わたしの人生一番《じんせいいちばん》のトラウマがよみがえる。

よりによって、早苗《さなえ》がそれを言《い》うっ!?

頭《あたま》に血《ち》がのぼって、みるみる頰《ほお》が熱《あつ》くなる。

「それじゃあ、なにもせずにおとなしくしてろっていうの？　冗談《じょうだん》じゃないよっ！」

トイレで大《おお》きな声《こえ》を出《だ》してたら、だれかにきかれるかも。

でも、気《き》にしていられない！

だって、だって、あまりにも理不尽《りふじん》なんだもん！！！

「待《ま》ってほむらちゃん、私《わたし》の話《はなし》きいて……」

「ちゃんときいてる、それで納得《なっとく》いかないから怒《おこ》ってるの！　遊《あそ》んだり話《はな》したりしてるだけなのに、どこがいけないの!?」

人《ひと》がわたしの何《なに》を気《き》に入《い》らないのかなんて、知《し》らない。

けどそんな顔《かお》もわからないだれかを気《き》にして、やりたいこともできないなんて、ごめんだよ！

「そもそも、文句《もんく》を言《い》ってるのはだれなの？　本当《ほんとう》はぜんぶ早苗《さなえ》が思《おも》ってることじゃないの!?」

「――っ」

その瞬間《しゅんかん》、早苗《さなえ》は傷《きず》ついたような顔《かお》になる。

早苗《さなえ》がそんな顔《かお》をするの、ずるいよ……。

「………とにかく、**だれがなんて言《い》おうと、わたしはもう、負《ま》けないんだから**」

本当《ほんとう》は、もっと言《い》いたいことがあったけど。

うつむいてしまった早苗《さなえ》を見《み》ると、これ以上《いじょう》は、なにも言《い》えない。

少《すこ》しの沈黙《ちんもく》のあと、早苗《さなえ》はささやくような声《こえ》で言《い》う。

「……わかったよ。ごめんね、よけいなこと言《い》って」

それだけ言《い》うと、わたしの返事《へんじ》もきかずにトイレを出《で》ていって。

わたし1人《ひとり》が残《のこ》ったけど……。

「**炎上《えんじょう》のほむら**……か」

苦《くる》しかった記憶《きおく》が、いやでも思《おも》いだされる。

さっきは「負《ま》けない」なんて言《い》いきっちゃったけど。

もしもまた、あんなことになったらって思《おも》うと、やっぱり怖《こわ》いよ。

「……もどろう」

中庭《なかにわ》でまた千鶴《ちづる》たちと合流《ごうりゅう》したけど、みんなと同《おな》じテンションにもどるのはむずかしくて。

「青春仕掛《せいしゅんしか》け人《にん》」は、その日《ひ》からＳＮＳに現《あらわ》れなくなったんだ……。

11 心《こころ》のおもちゃ箱《ばこ》を開《ひら》いて

「アオハルチャレンジ、今日《きょう》もお題《だい》出《で》てないねー」

机《つくえ》の上《うえ》に頬《ほお》づえをついて、スマホを見《み》ながら千鶴《ちづる》が言《い》う。

「新《あたら》しいネタがないと、盛《も》りさがるよねー……」

「青春《せいしゅん》仕掛《しか》け人《にん》さん、どうしたんだろう？」

と、ほかの子《こ》も、しらけた様子《ようす》。

外《そと》が雨《あめ》だから、なんとなくみんな、気分《きぶん》もしずみがちで。

こういうときこそ、アオハルチャレンジがあれば盛《も》りあがれるのにって思《おも》ってるみたい。

「前《まえ》のチャレンジを、もう1回《かい》やるか？　ツーショット写真《しゃしん》とか」

星野《ほしの》が呼《よ》びかけたけど、だれも乗《の》ってこない。

そんなみんなの様子《ようす》を見《み》ながら、わたしは内心《ないしん》、胸《むね》がチクチク。

「もしかして仕掛《しか》け人《にん》さん、あきちゃったのかなー」

なんてつぶやく子《こ》もいる。

ちがう、ちがうんだよ……って思《おも》うけど、言《い》えないし。

次《つぎ》のお題《だい》はこんなのにしようかなっていうネタは、まだあるのに。

この前早苗《まえさなえ》に言《い》われたことが気《き》になって、新《あたら》しいお題《だい》を出《だ》すのを、ためらっている。

SNS上《じょう》でも、めっきりアオハルチャレンジの投稿《とうこう》が減《へ》ってる。

だからって、なにが変《か》わるわけでもないけど……。

この教室《きょうしつ》は、がっかりムードだ。

それでも、もう少《すこ》し待《ま》てば、みんなアオハルチャレンジのことなんかわすれて、べつのおもしろいものを見《み》つけるかもしれないけど……。

そして放課後《ほうかご》。

わたしはクルミくんのいる写真部《しゃしんぶ》に、顔《かお》を出《だ》した。

「あ、火花《ひばな》さん」

ノックして部室《ぶしつ》に入《はい》ると、クルミくんが長机《ながづくえ》の上《うえ》に、なにかの箱《はこ》をならべているところだった。

「クルミくん、なにしてるの？」

「写真部《しゃしんぶ》の資料《しりょう》や備品《びひん》の整理《せいり》をしようかと思《おも》って。外《そと》がアレだから、今日《きょう》は撮影《さつえい》に行《い》けないし」

そう言《い》って指《ゆび》さした窓《まど》の外《そと》には黒《くろ》い雲《くも》が広《ひろ》がっていて、雨《あめ》が降《ふ》っている。

けど視線《しせん》をもどすと、わたしは机《つくえ》の上《うえ》に目《め》をうばわれた。

だって並《なら》べられた箱《はこ》の中《なか》には、たくさんのカメラやその部品《ぶひん》が、ていねいに収《おさ》められていたんだもの。

「えーっ、これって全部《ぜんぶ》、写真部《しゃしんぶ》の備品《びひん》？」

「うん。レンズはカビが生《は》えないように、ふだんは乾燥剤《かんそうざい》といっしょに箱《はこ》に入《い》れてるんだ」

箱《はこ》の中《なか》から白《しろ》くて四角《しかく》い袋《ふくろ》に入《はい》った、小《ちい》さな乾燥剤《かんそうざい》を取《と》りだすクルミくん。

「乾燥剤《かんそうざい》には交換時期《こうかんじき》があるから、チェックしておこうかと思《おも》って。最近雨《さいきんあめ》がつづいてるしね」

なるほど。

湿気《しっけ》が多《おお》かったら、カビが生《は》えやすくなるものね。

写真《しゃしん》を撮《と》るのが上手《じょうず》なだけじゃなくて、保管《ほかん》や手入《てい》れもしっかりしてるや。

それにしても、ずいぶんたくさんのカメラがあるなあ。

「こんなに、使《つか》ってないカメラがあったんだね」

「うん、昔《むかし》はもっと部員《ぶいん》がいたみたいだけど、今《いま》はオレしかいないから」

「あ、このカメラ、レトロなデザインでかっこいいかも」

「それはかなり古《ふる》い、もう何十年《なんじゅうねん》も前《まえ》の型《かた》だよ。けど、いまも使《つか》える。フィルム式《しき》のカメラだから、撮《と》ったあと現像《げんぞう》するまでに時間《じかん》がかかるけどね」

あ、知《し》ってる。

昔《むかし》は、カメラで撮影済《さつえいず》みのフィルムを写真屋《しゃしんや》さんに預《あず》けて、プリントしてもらってたんだって。

おばあちゃんから、きいたことある。

ほかにも、ふだんはあまり見《み》かけないめずらしいカメラがいっぱいだ。

「なんだか、おもちゃ箱《ばこ》を開《あ》けたみたい……！」

「え？」

「あ、別《べつ》にカメラがおもちゃだって言《い》いたいんじゃなくて。おもちゃ箱《ばこ》を開《あ》けたときみたいに、ワクワクするって言《い》うか……」

大事《だいじ》なカメラなのに、「おもちゃ」って言《い》ったのは、失礼《しつれい》だったかな？

だけどクルミくんは、楽《たの》しそうに笑《わら》った。

「それわかる。オレも昔《むかし》、おじいちゃんの仕事道具《しごとどうぐ》を見《み》せてもらったとき同《おな》じこと言《い》ったもの」

「そうなの？　クルミくんのおじいちゃんって、前《まえ》に言《い》ってたカメラマンの？」

「うん。おじいちゃんもよく手《て》が空《あ》くとカメラの手入《てい》れしててね。見《み》てるだけでワクワクした」

クルミくんが、微笑《ほほえ》みながら言《い》う。

わたしはクルミくんとちがって、カメラのことはぜんぜんわからないけど。

こうして、大切《たいせつ》に保管《ほかん》されてるのを見《み》ると、宝物《たからもの》みたいだよね。

そんなカメラに、わたしもさわってみたいけど……。

前《まえ》にクルミくんのデジカメを、おっことしちゃったからなあ。

へたにさわって、今度《こんど》こそこわしでもしたらシャレにならないから、ここはおとなしくしておこう。

すると今度《こんど》は机《つくえ》のはしにおいてある、アルバムに目《め》が留《と》まった。

「これって、写真部《しゃしんぶ》のアルバム？」

「うん。ずっと前《まえ》の写真部《しゃしんぶ》の先輩《せんぱい》たちが撮《と》った写真《しゃしん》が、たくさん入《はい》ってるけど……見《み》る？」

「え、いいの？」

先輩《せんぱい》たちの撮《と》った写真《しゃしん》かあ。どんなのがあるんだろう？

ワクワクしながらアルバムを開《ひら》くと、うちの学校《がっこう》の制服《せいふく》を着《き》た生徒《せいと》が、海《うみ》をバックに並《なら》んでポーズをとっている写真《しゃしん》があった。

男子《だんし》も女子《じょし》もいる。

「それは撮影旅行《さつえいりょこう》のときの写真《しゃしん》らしいよ。みんなで夏休《なつやす》みに海《うみ》や山《やま》に旅行《りょこう》にいって、たくさん写真《しゃしん》を撮《と》ってたみたい」

「撮影旅行《さつえいりょこう》なんてあったの？　すごく楽《たの》しそう！」

アルバムのページをめくると、割《わ》れたすいかにかぶりついている笑顔《えがお》があったり。

波打《なみう》ち際《ぎわ》でたわむれている先輩《せんぱい》たちの写真《しゃしん》もあった。

さらにそのとなりには、まっかな夕日《ゆうひ》が海《うみ》に沈《しず》んでいってる写真《しゃしん》。

それに夜空《よぞら》いっぱいに光《ひかり》が散《ち》らばっている、星空《ほしぞら》の写真《しゃしん》もあった。

どれもすごくキレイで、写真部《しゃしんぶ》の先輩《せんぱい》たちが、いろんなものを見《み》て、感《かん》じて、シャッターを切《き》ったのが伝《つた》わってきた。

いいなあ、写真部《しゃしんぶ》……！

メチャクチャ「青春《せいしゅん》」してたんじゃない！

さらに見《み》ていくと、中《なか》にはグラウンドでバットを振《ふ》ってる野球部《やきゅうぶ》の様子《ようす》や、体育館《たいいくかん》で試合《しあい》をしてるバレー部《ぶ》の様子《ようす》を収《おさ》めた写真《しゃしん》もあった。

「ほかの部活《ぶかつ》の写真《しゃしん》もあるんだ」

「いろんな部活《ぶかつ》にたのまれるんだよ。オレもこの前《まえ》、バスケ部《ぶ》の試合《しあい》の記録撮影《きろくさつえい》をしてきたよ」

「写真部《しゃしんぶ》って、そんなこともするんだね」

「うん。ほかにもたとえば、『自然《しぜん》』とか『動物《どうぶつ》』みたいなテーマにそった写真《しゃしん》を撮《と》って、コンクールに出《だ》したりしてるかな」

そうなんだ。

クルミくんも、コンクールに出《だ》すのかな……。

「テーマにそった写真《しゃしん》を撮《と》るのって、アオハルチャレンジみたいだよね」

クルミくんが笑《わら》いながら言《い》って、思《おも》わずドキッとする。

だってわたしも、まったく同《おな》じこと思《おも》っていたんだもの。

「最近《さいきん》、ぜんぜん新《あたら》しいお題出《だいで》ないけど、青春仕掛《せいしゅんしか》け人《にん》さん、どうしたんだろうね？」

と、クルミくん。

「えっ？　さ、さあ。わからないなあ？」

「もしかしたら、いそがしいのかな。でなきゃ、カゼひいて寝《ね》こんでるとか」

心配《しんぱい》そうに言《い》うクルミくんに、わたしはますますドキドキ。

クルミくんは知《し》らないけど、「青春仕掛《せいしゅんしか》け人《にん》さん」は、いま目《め》の前《まえ》にいるから！

しかもピンピンしてるから！

申《もう》しわけない気持《きも》ちがあふれてくる。

「……クルミくんはアオハルチャレンジ、つづけてほしい？」

「えっ？　そりゃあ、もちろん。自分《じぶん》では考《かんが》えたことのなかったテーマと出会《であ》えたり、新《あたら》しい着《ちゃく》眼点《がんてん》が見《み》つけられて、おもしろいからね。それに……」

クルミくんは少《すこ》しうつむいて、照《て》れたような顔《かお》になる。

「火花《ひばな》さんといっしょにチャレンジするの、楽《たの》しいし……」

「――っ！」

ただでさえ忙《いそが》しくなってた心臓《しんぞう》の音《おと》が、一段《いちだん》とはね上《あ》がった！

「わ、わたし、クルミくんに撮《と》り方教《かたおし》えてもらってばかりで、じゃまになってないかな？」

「じゃまじゃないよ。今《いま》まで1人《ひとり》で写真撮《しゃしんと》って満足《まんぞく》してたけど、火花《ひばな》さんといると、これまでとはちがう写真《しゃしん》が撮《と》れる気《き》がする。機会《きかい》があったら、学校《がっこう》の外《そと》でも撮《と》ってみたいな。そういうお題《だい》が出《で》たらいいんだけど」

笑顔《えがお》で言《い》うクルミくんに、思《おも》わず息《いき》をのむ。

撮《と》りたいものを撮《と》って、写真《しゃしん》について熱《あつ》く語《かた》るクルミくんが、とても楽《たの》しそうで。

これぞ青春《せいしゅん》って感《かん》じがして。

ちょっとでも近《ちか》づきたいと思《おも》って、はじめたチャレンジだったのに……！

「わ、わたしも、クルミくんといっしょにチャレンジするの、楽《たの》しいよ！」

「ありがとう。次《つぎ》のお題《だい》が出《で》たらまたやろうね」

「う、うん！」

クルミくんの笑顔《えがお》で、こわがりだった心《こころ》が溶《と》けていく。

おもちゃ箱《ばこ》を開《あ》けたときのような、あのワクワクした気持《きも》ちを、青春仕掛《せいしゅんしか》け人《にん》なら、作《つく》っていけるかな？

クルミくんの期待《きたい》に、応《こた》えられるかな？

雨空《あまぞら》のようにどんよりしていたわたしの心《こころ》に、再《ふたた》び火《ひ》がついた気《き》がした。

12 キミの「一瞬《いっしゅん》」を写《うつ》したい！

次《つぎ》の日曜日《にちようび》。

玄関《げんかん》でスニーカーのひもをむすんでるところで、お兄《にい》が声《こえ》をかけてきた。

「ほむら、スケボーにでも行《い》くのか？」

スケボーは、お兄《にい》から習《なら》った趣味《しゅみ》で、ちょっと特技《とくぎ》でもあるんだよね。

だけどわたしは、首《くび》を横《よこ》にふる。

「ううん、今日《きょう》はちょっと、友《とも》だちとね！」

「そっか。気《き》をつけろよー」

「わかってるって！」

「いってきます」と家《いえ》を出《で》ると、青空《あおぞら》が広《ひろ》がっていて。

ひさしぶりの清々《すがすが》しい天気《てんき》に心《こころ》がおどりだし、自然《しぜん》にかろやかな足取《あしど》りになる。

待《ま》ち合《あ》わせの駅前《えきまえ》までやってきたところで、きょろきょろあたりを見《み》まわすと……あ、いた！

「こんにちはクルミくん、待《ま》った？」

「火花《ひばな》さん……ううん、ぜんぜんだよ」

ふりむいたクルミくんは、見慣《みな》れた学校《がっこう》の制服姿《せいふくすがた》ではなく。

涼《すず》しそうな空色《そらいろ》の半袖《はんそで》シャツを着《き》て、リュックを背負《せお》っている。

服装《ふくそう》がちがうだけで、いつもと雰囲気《ふんいき》が変《か》わるなあ。それに。

「あ、いつもとちがうカメラだ」

「うん、これ、ふだん学校《がっこう》には持《も》っていけないやつなんだ」

肩《かた》からななめにかけた黒《くろ》くてカッコいいカメラを、大切《たいせつ》そうに抱《かか》える。

「それより、急《きゅう》に誘《さそ》ってごめんね、火花《ひばな》さん。予定《よてい》なかった？」

「うん、だいじょうぶ！」

「新《あたら》しいアオハルチャレンジのお題《だい》が出《で》たから、うれしくて。#雨上《あめあ》がりの町《まち》の写真《しゃしん》を撮《と》るってお題《だい》だと、今日《きょう》を逃《のが》したら次《つぎ》のチャンスがいつになるかわからないしね」

と、クルミくん。

——そう。

じつは昨夜《ゆうべ》、ひさしぶりに「青春仕掛け人《せいしゅんしかけにん》」のアカウントを開《ひら》いたんだ。

天気予報《てんきよほう》で、今日《きょう》の昼《ひる》すぎから晴《は》れるって見《み》て、思《おも》いついたの！

けど雨上《あめあ》がりが条件《じょうけん》だと、撮《と》れるタイミングが限《かぎ》られてたんだな。

そのへん、あまり深《ふか》く考《かんが》えずに、ポストしちゃったけど……。

「どこに行《い》く？　クルミくんは、どこか撮《と》りたい場所《ばしょ》ある？」

「これといって決《き》まってはないけど……オレ、休《やす》みの日《ひ》はよく、フォトウォーキングしてるんだ。今日《きょう》も散歩《さんぽ》してるうちにいい『画《え》』が見《み》つかるかも」

「いいね、そうしよ！」

とりあえずわたしたちは、学校《がっこう》と反対方向《はんたいほうこう》に歩《ある》きはじめた。

雨上《あめあ》がりの町《まち》は少《すこ》し暑《あつ》いけど、それ以上《いじょう》のワクワクが、胸《むね》の中《なか》に広《ひろ》がってる。

ひさしぶりにクルミくんと、アオハルチャレンジができるんだもの。

ならんで歩《ある》いていると、大《おお》きな橋《はし》にさしかかる。

橋《はし》の上《うえ》から下《した》を見《み》ると、いつもより川面《かわも》の位置《いち》が高《たか》い。

それに、ふだんは透《す》き通《とお》ってる水《みず》も、今日《きょう》は黒《くろ》くにごっている。

するとクルミくんは「ちょっと待《ま》って」と言《い》って、にごった川《かわ》に持《も》っていたカメラをむけた。

「え、この川《かわ》を撮《と》るの？」

「うん。増水《ぞうすい》した川《かわ》って、雨上《あめあ》がりならではの風景《ふうけい》でしょ。どれだけ激《はげ》しい雨《あめ》が降《ふ》ってたか、この川《かわ》を見《み》れば想像《そうぞう》をふくらませられるし」

……そうかあ。

ごめん、じつはわたし、きたない水《みず》だなあなんて思《おも》っちゃってた。

けど、そういうふうに考《かんが》えたら、ぜんぜんちがって見《み》えてくる。

何枚《なんまい》かシャッターを押《お》すクルミくんを待《ま》って、再《ふたた》びいっしょに歩《ある》きだす。

クルミくんとの会話《かいわ》で、見方《みかた》が変《か》わったのかな。

さっきまではスルーしていた地面《じめん》にできた水《みず》たまりや、雨《あめ》に濡《ぬ》れた電線《でんせん》にも、ふしぎと目《め》がいくようになった。

曲《ま》がり角《かど》のカーブミラーや、家《いえ》の庭《にわ》にある大《おお》きな木《き》についた水滴《すいてき》に、光《ひかり》が反射《はんしゃ》しててキレイ。

これまでは気《き》づかずに見落《みお》としていたかもしれないけど、いまはかがやいて見《み》えるよ。

クルミくんは足《あし》を止《と》めて、雨《あめ》の残《のこ》る電線《でんせん》を撮影《さつえい》して、わたしは近《ちか》くで待《ま》っていたけど。

そういえば、わたしたち以外《いがい》の人《ひと》は、どんな写真《しゃしん》を撮《と》っているのかな？

スマホを取《と》り出《だ》してSNSを見《み》てみる。

しばらく新《あたら》しいお題《だい》を出《だ》してなかったから、アオハルチャレンジのポストは減《へ》っちゃっているかもって思《おも》ったけど……あ、ちゃんとあった！
#アオハルチャレンジ　#雨上《あめあ》がりの町《まち》の写真《しゃしん》を撮《と》る　のタグといっしょに、キレイな虹《にじ》の写《しゃ》真《しん》がポストされていて、たくさんの♥をもらっているじゃない。
チャレンジしてくれた人《ひと》がいることや、反応《はんのう》があったことに、ちょっと感動《かんどう》を覚《おぼ》える。

けど、中《なか》にはこんな意見《いけん》があった。

「雨上《あめあ》がりの写真《しゃしん》ってムリだよ。うちの町《まち》、ずっと雨《あめ》ふってるもん」

「今回《こんかい》のお題《だい》、地域格差《ちいきかくさ》あるよね。雨《あめ》があがってくれないと、チャレンジできないー！」

いけない、これは盲点《もうてん》だった！

このあたりは晴《は》れたからいいけど、日本中《にほんじゅう》の雨《あめ》が止《や》んだわけじゃないもんね。

もうちょっと、考《かんが》えるべきだったかも。

するとさらに。

「そもそも雨上《あめあ》がりの写真《しゃしん》を撮《と》るのって、べつに青春《せいしゅん》じゃなくない？」

うっ。投稿者《とうこうしゃ》の疑問《ぎもん》の声《こえ》が、心《こころ》にクリティカルヒット！

たしかに、深《ふか》く考《かんが》えずにお題《だい》を決《き》めちゃったけど、青春《せいしゅん》っぽくはないかも……。

「うーん、次《つぎ》はもっといいお題《だい》を考《かんが》えなきゃなあ……」

「考《かんが》えるって、なにを？」

「ひゃあっ!?」

きこえてきた声《こえ》にビックリして振《ふ》りむくと、撮影《さつえい》を終《お》えたクルミくんが立《た》っていた。

「ごめん、おどかしちゃった？」

「へ、平気《へいき》。それより今《いま》の、きいてた？」

「ううん、お題《だい》がどうとか言《い》ってたのはきこえたけど、くわしくは」

「ええと、今回《こんかい》のお題《だい》が、青春《せいしゅん》っぽくないって言《い》ってる人《ひと》がいて……ほらこれ！」

アオハルチャレンジへのコメントが映《うつ》ってる画面《がめん》を見《み》せる。

クルミくんはじっとそれを見《み》つめていたけど、「う〜ん」と口《くち》を開《ひら》く。

「青春《せいしゅん》っぽくない、かあ。けどアオハルチャレンジって、青春《せいしゅん》っぽいことをするのが目的《もくてき》なのかなあ？」

「え、ちがうの？」

「どうだろう。オレは青春仕掛け人《せいしゅんしかけにん》さんがどんな気持《きも》ちで考《かんが》えたのかはわからないけど。青春《せいしゅん》っぽいことをするっていうより、チャレンジして楽《たの》しんだ時間《じかん》が、青春《せいしゅん》なのかなって思《おも》ってた。そもそも青春《せいしゅん》ってなんなのか、答《こた》えなんてないわけだし」

言《い》われてみれば、たしかに。

青春《せいしゅん》っぽいことをするんじゃなくて、楽《たの》しんだ時間《じかん》が青春《せいしゅん》。

そっちのほうが、しっくりくるかも。

「これは、あくまでオレの想像《そうぞう》なんだけどね」

ええと、あの……ごめんなさい。

青春仕掛け人《せいしゅんしかけにん》は、そこまで深《ふか》く考《かんが》えてたわけじゃありません！

……けどクルミくんの考《かんが》え方《かた》、いいかも。

次《つぎ》にお題《だい》を作《つく》るとき、意識《いしき》してみよう。

それからも、フォトウォーキングはつづく。

ときどき足《あし》をとめてはカメラをかまえるクルミくんと、やってきたのは町外《まちはず》れにある、雑木林《ぞうきばやし》にかこまれた、小《ちい》さな神社《じんじゃ》。

せまい境内《けいだい》には手水舎《ちょうずや》もなく、古《ふる》びた社《やしろ》があるだけで、わたしたち以外《いがい》に人《ひと》の姿《すがた》もない。

わたしたちはまず、社《やしろ》にむかって手《て》を合《あ》わせた。

「オレ、このへんにはあまりきたことないけど、火花《ひばな》さんは？」

「わたしは……小学生《しょうがくせい》のころ、ときどき友《とも》だちときて遊《あそ》んでたかな」

ここなら学校《がっこう》からも離《はな》れているから、だれにも見《み》つからないだろうし。

探《さが》せば写真映《しゃしんば》えするところがあるかも。

「あ、そうだ。はいコレ、よかったらどうぞ」

クルミくんがリュックからだしてきたのは、オレンジジュース。

差《さ》しだされたそれを手《て》に取《と》ると……わ、冷《つめ》たい！

「保冷《ほれい》パックで冷《ひ》やしておいたんだ。暑《あつ》くなってきら、飲《の》もうと思《おも》って」

「ありがとう！」

ちょうどノドがかわいていたから、うれしい。

ペットボトルのフタを開《あ》けて、２人《ふたり》そろって口《くち》に運《はこ》ぶ。

「うーん、美味《おい》しい！」

口《くち》の中《なか》に酸味《さんみ》が広《ひろ》がっていって、かわいたノドを潤《うるお》す。

クルミくんも、さわやかな顔《かお》で飲《の》んでいて、暑《あつ》さが吹《ふ》き飛《と》ばされるみたい。

近《ちか》くに緑《みどり》もあるおかげか、町《まち》の中《なか》で飲《の》むときよりも清々《すがすが》しい気分《きぶん》になる。

飲《の》みながらなんとなく、社《やしろ》をかこむ雑木林《ぞうきばやし》に目《め》をむけていると……。

――カシャッ
シャッター音《おん》がきこえた。

振《ふ》りむくとそこには、いつの間《ま》にかペットボトルでなくカメラを手《て》にしたクルミくんが、レンズをこっちにむけていたけど……ひょっとして今《いま》の、わたしを撮《と》ったの？

「あっ、ごめん。美味《おい》しそうに飲《の》んでたから、つい」

「いいよいいよ。でも、わたしを撮《と》ってもつまらなくない？」

「そんなことないよ……**火花《ひばな》さんは絵《え》になるなって、前《まえ》から思《おも》ってたもの**」

「んんっ⁉」

クルミくんの発言《はつげん》に息《いき》をのむ。

ジュースを飲《の》んでる最中《さいちゅう》だったら、確実《かくじつ》にむせていたよ。

「もしよかったらこれからもときどき撮《と》らせてもらってもいい？　あ、もちろん撮《と》った写真《しゃしん》は必《かなら》ず見《み》せるし、火花《ひばな》さんが気《き》に入《い》らない写真《しゃしん》は消《け》すから」

「う、うん。わたしでよければ、いいよ！」

さっそく写真《しゃしん》を見《み》せてもらったけど、そこにはオレンジジュースを美味《おい》しそうに飲《の》むわたしの横顔《よこがお》が写《うつ》っている。

クルミくんはこれを、撮《と》りたいって思《おも》ってくれたんだよね。

まるで胸《むね》の中《なか》でオレンジがはじけたみたいに、甘《あま》さと酸味《さんみ》が心《こころ》に広《ひろ》がっていく。

「どうかな？」

「いい！　ありがとう！　ね、ねえ。わたしもクルミくんのこと、撮《と》ってもいい？」

「もちろんかまわないけど……オレじゃあ火花《ひばな》さんとちがって絵《え》にならないよ？」

「そんなことないって！」

クルミくんは自分《じぶん》の持《も》ってるキラキラに、気《き》づいてないよ。

写真《しゃしん》に対《たい》してまっすぐむき合《あ》う姿《すがた》も、楽《たの》しそうな笑顔《えがお》も、すごく素敵《すてき》。

そんなクルミくんのアオハルを、わたしは撮《と》りたいよ。

その気持《きも》ちを、伝《つた》えようとしたそのとき……。


「ニャ～ン」


きこえてきたかわいい声《こえ》に、会話《かいわ》が止《と》まる。

見《み》ると境内《けいだい》の端《はし》の雑木林《ぞうきばやし》の前《まえ》に、白《しろ》と黒《くろ》のまだらもようの猫《ねこ》がいるじゃない。

へえー、かわいい猫《ねこ》ちゃんだなあー。

――カシャッ

あれ、今《いま》の音《おと》は……。

となりを見《み》ると、クルミくんが猫《ねこ》ちゃんにむけてカメラをかまえていた。

「あの猫撮《ねこと》ったの？」

「うん……動物《どうぶつ》は好《す》きだから。ふさふさしてて、かわいいし」

「あ、それわかるー！」

一番好《いちばんす》きな動物《どうぶつ》はSNSのアイコンにも使《つか》ってるウサギだけど、猫《ねこ》だって好《す》き。

するとクルミくんは、猫《ねこ》ちゃんを見《み》てなにかに気《き》づいた。

「この子《こ》、首《くび》にリボンが巻《ま》いてあるけど、ひょっとして飼《か》い猫《ねこ》かな？　お前《まえ》、どこの子《こ》だ～？」

クルミくんは声《こえ》をかけながら、猫《ねこ》ちゃんに近《ちか》づいていく。

「ニャニャ？」

「よしよし、いい子《こ》。怖《こわ》くないからね～」

ちょっと甘《あま》い声《こえ》を出《だ》すクルミくん。

これは猫《ねこ》とたわむれるクルミくんという決定的瞬間《けっていてきしゅんかん》を撮《と》るチャンス！

猫《ねこ》にむかって手《て》をのばすクルミくんに、わたしはスマホのカメラをむけたけど……。

「シャーッ！」

「わっ!?」

「クルミくん!?」

それまでおとなしかった猫《ねこ》ちゃんが、いきなりクルミくんの手《て》を引《ひ》っかいてきた！

「だ、だいじょうぶ？　ケガしてない？」

「うん、平気《へいき》。ツメは当《あ》たってないよ」

この子《こ》かわいいのに人見知《ひとみし》りなのかな？

そういえば、前《まえ》にもこんな猫《ねこ》いたっけ……あれ？

「ニャン」

よく見《み》ると猫《ねこ》の右耳《みぎみみ》に独特《どくとく》のもようがある。

白《しろ》い毛《け》の中《なか》に黒《くろ》い毛《け》が、まるで星《ほし》のような形《かたち》に生《は》えているんだけど、このもよう、前《まえ》に……。

「ニャー」

「あっ、待《ま》ってよ！」

猫《ねこ》ちゃんはわたしたちに背《せ》をむけると、逃《に》げるように雑木林《ぞうきばやし》の中《なか》に入《はい》っていってしまった。

「あの猫《ねこ》、ひょっとして……ううん、まさかね」

「どうしたの？」

「なんでもない……それより、チャレンジのつづきをしよう！」

たずねてきたクルミくんに、わたしは笑顔《えがお》で返事《へんじ》をした。

13 セカイ中《じゅう》が敵《てき》でも？

次《つぎ》の日《ひ》の午後《ごご》。

うちの学校《がっこう》は、昼休《ひるやす》みのあとに掃除《そうじ》をする。

今日《きょう》のわたしの担当場所《たんとうばしょ》は外庭《そとにわ》。

強《つよ》い日差《ひざ》しが照《て》りつける中《なか》、竹《たけ》ぼうきでぱぱーっと落《お》ち葉《ば》を集《あつ》めて、ちりとりにイン。

よーしＯＫ《オーケー》！　と思《おも》ったそのとき、

「掃除道具《そうじどうぐ》は、それで全部《ぜんぶ》？　オレが片《かた》づけておくよ」

そう声《こえ》をかけてきたのはクルミくん。

わたしと同《おな》じ、外《そと》の掃除《そうじ》だったの。

と言《い》っても、前《まえ》に話《はな》したとおり、人前《ひとまえ》では、あまり親《した》しくしないようにしてるんだけど。

それでも目《め》を合《あ》わせると、自然《しぜん》と笑顔《えがお》になる。

「1人《ひとり》で全部《ぜんぶ》持《も》っていくのは大変《たいへん》だよ。わたしもいっしょに行《い》く」
同《おな》じ場所《ばしょ》の掃除当番《そうじとうばん》が、いっしょに道具《どうぐ》をしまいにいくくらい、フツーでしょ。
そんなことを考《かんが》えながらならんで歩《ある》き、掲示板《けいじばん》の前《まえ》を通《とお》りすぎようとしたとき。
そこに貼《は》られていた1枚《まい》のポスターを見《み》て、クルミくんが足《あし》を止《と》めた。
「あれっ、これって……」
この掲示板《けいじばん》、たしか、たのめば生徒《せいと》も使《つか》うことができたっけ。
クルミくんの視線《しせん》がむいていたのは、掲示板《けいじばん》に貼《は》られた1枚《まい》のプリント。
印刷《いんさつ》されていたのは、『**迷《まよ》い猫探《ねこさが》しています**』という文字《もじ》と、猫《ねこ》の写真《しゃしん》。
……あれ、この猫《ねこ》って、どこかで見《み》おぼえが……。
「この子《こ》って、昨日《きのう》あの神社《じんじゃ》にいた猫《ねこ》じゃないかな？」と、クルミくん。
体《からだ》は、白《しろ》と黒《くろ》のツートンカラー。首《くび》に巻《ま》かれた赤《あか》いリボン。
耳《みみ》のところには、星《ほし》の形《かたち》に似《に》たもようがあるって書《か》いてある……！
あれ、迷子《まいご》の飼《か》い猫《ねこ》だったんだ！
けど、本当《ほんとう》におどろいたのは、そのあと。
写真《しゃしん》の下《した》には、こう書《か》かれていた。

『見《み》かけた方《かた》は、1年《ねん》1組《くみ》の折笠早苗《おりがささなえ》までご連絡《れんらく》ください』

折笠早苗《おりがささなえ》……って、待《ま》って。

「あの猫《ねこ》、ビスケ……？」

クルミくんに聞《き》こえないくらいの、細《ほそ》い声《こえ》でつぶやく。

ビスケっていうのは、早苗《さなえ》のうちの猫《ねこ》の名前《なまえ》。

早苗《さなえ》と仲《なか》がよかったころ、ときどき家《いえ》に遊《あそ》びにいってたから、見《み》かけてた。

といっても、ビスケは警戒心《けいかいしん》が強《つよ》くて、なついてくれなかったっけ。

「あの子《こ》が迷《まよ》い猫《ねこ》って……飼《か》い主《ぬし》さんに、神社《じんじゃ》にいたこと教《おし》えてあげなきゃ。1組《くみ》の折笠《おりがさ》さんってオレ話《はな》したことないんだけど、火花《ひばな》さんは知《し》ってる？」

「わたしは……」

もちろん知《し》ってる。だけど……。

「火花《ひばな》さん？」

クルミくんは、うつむいてしまったわたしをふしぎそうに見《み》てる。

ど、どうしよう。

「……早苗《さなえ》は、小学校《しょうがっこう》がいっしょだったんだ。猫《ねこ》のことは、わたしから話《はな》しておくよ」

「あ、そうなんだ。きっとすごく心配《しんぱい》しているよね。じゃあこれからいっしょに行《い》って……」

「えっ？　いいよ、わたし1人《ひとり》でいくよ！」

クルミくんを、あわてて止《と》める。

「猫《ねこ》の件《けん》は、わたしがちゃんと伝《つた》えるから」

「う、うん、わかった。それじゃあ、お願《ねが》いするね」

クルミくんはわたしの態度《たいど》が気《き》になる様子《ようす》だったけど、それ以上《いじょう》はなにも聞《き》いてこなかった。

そして結局《けっきょく》、すぐには早苗《さなえ》のところにいけなかった。

掃除道具《そうじどうぐ》を片《かた》づけたら、すぐに午後《ごご》の授業《じゅぎょう》が、はじまっちゃったからね。

ただ、あまり授業《じゅぎょう》に身《み》が入《はい》らなかった……。

どうしよう、クルミくんの手前《てまえ》、さっきはああ言《い》うしかなかったけど……ううん。

やっぱり知《し》らんぷりできるほど、わたしの神経《しんけい》は図太《ずぶと》くない。

帰《かえ》りのホームルームが終《お》わるとわたしは教室《きょうしつ》を出《で》て、早苗《さなえ》のいる1組《くみ》にむかった。

用件《ようけん》だけ伝《つた》えて、さっさと帰《かえ》ろう。

だけどいざ、1組《くみ》の前《まえ》までやってきたら。

「げ、」

あちらもホームルームが終《お》わったばかりみたいで、教室《きょうしつ》から出《で》てきた一団《いちだん》を見《み》て足《あし》が止《と》まった。

お目当《めあ》ての相手《あいて》、早苗《さなえ》。ここまではいい。

早苗《さなえ》といっしょにいる数人《すうにん》の女子《じょし》たちがみんな、わたしの同小《どうしょう》メンバーだったの。

そしてその人《ひと》たちはなんというか、その……わけあってあまり話《はなし》をしたくないタイプ。

どうしよう、出直《でなお》そうか……ああ、でもここで方向転換《ほうこうてんかん》するのもワザとらしいし……ええい！

「早苗《さなえ》！」

「!?」

早苗《さなえ》はおどろいた様子《ようす》で足《あし》を止《と》め、まわりにいた子《こ》たちは「え、なんで」っておどろいてる。

この子《こ》たちはみんな、わたしと早苗《さなえ》の間《あいだ》に「なにがあったのか」、知《し》ってるつもりだから。

本当《ほんとう》は誤解《ごかい》なんだけど、……それはもういい。

今《いま》、伝《つた》えなきゃいけないのは――

「掲示板《けいじばん》のポスター見《み》たよ。ビスケがいなくなったんでしょ。わたし、昨日見《きのうみ》かけたの」

「えっ！」

早苗《さなえ》は一瞬固《いっしゅんかた》まったけど、すぐに前《まえ》のめりで聞《き》いてくる。

「本当《ほんとう》、ほむらちゃん！　いったいどこで!?」

「町外《まちはず》れに、神社《じんじゃ》があるじゃない。………昔《むかし》よく遊《あそ》んでた、あそこ」

わたしの言葉《ことば》、すぐに早苗《さなえ》もわかったみたいだった。

「あんなところに？」

「うん。耳《みみ》に星《ほし》の形《かたち》のもようもあったし、まちがいないと思《おも》う。早苗《さなえ》の家《いえ》からはちょっと離《はな》れてるけど、いけない距離《きょり》じゃないし」

昔《むかし》、わたしたちの遊《あそ》び場《ば》だった神社《じんじゃ》。

あのころはなんでも話《はな》しあえる仲《なか》だったけど、今《いま》は顔《かお》を合《あ》わせて話《はな》すだけで胸《むね》がザワザワする。

わたしってば、なにやってるんだろう。

もう友《とも》だちじゃない子《こ》の、かわい気《げ》のない猫《ねこ》のことなんて、放《ほう》っておけばいいのに。

けど、わたしにはぜんぜんなつかなかったビスケを早苗《さなえ》がすごくかわいがってたのを知《し》ってる。

「そ、それで、ビスケの様子《ようす》はどうだったの？　ケガしてなかった？」

「大丈夫《だいじょうぶ》だと思《おも》う。ピンピンしてたし。もしかしたらまだ近《ちか》くにいるかも」

「そんなところに……ありがとう、ほむらちゃ……」

「ちょっと待《ま》った！」

そばにいた1人《ひとり》の女子《じょし》が、早苗《さなえ》の言葉《ことば》をさえぎる。

小学校《しょうがっこう》のころ、わたしや早苗《さなえ》と同《おな》じクラスだった、エミが疑《うたが》わしそうな目《め》を、むけてくる。

「早苗《さなえ》の猫《ねこ》を見《み》かけたって、それ本当《ほんとう》？　デタラメ言《い》ってるんじゃないよね？」

「なっ!?　どうしてわたしがそんなこと……」

「だってほむら、前《まえ》も早苗《さなえ》にイジワルしてたじゃん！」

――っ！

わたしが言葉《ことば》につまってるうちに、エミにつづいてほかの子《こ》も、次々《つぎつぎ》話《はなし》に入《はい》ってくる。

「だいたい、見《み》かけたならどうしてすぐつかまえなかったの？」

「だって、わたしがポスター見《み》たのはさっきだし。迷子《まいご》だって知《し》らなかったし……」

「でも、早苗《さなえ》の猫《ねこ》だってことくらい、気《き》づけたんじゃない？」

「そ、それは……」

たしかに、似《に》てるなとは思《おも》った。

けど、つかまえるなんて発想《はっそう》にはならないよ！

「早苗《さなえ》が探《さが》してるって知《し》ってて、わざと逃《に》がしたんじゃないの？」

「ほむらって小学校《しょうがっこう》のころも早苗《さなえ》のだいじなものを横取《よこど》りしていじめたんでしょ。ねっ早苗《さなえ》？」

「ま、待《ま》って、それは……」

「ちがう！　そんなことしてない！」

横《よこ》から口《くち》をはさもうとする早苗《さなえ》にかぶせて、わたしは大《おお》きな声《こえ》をだした。

デタラメ言《い》わないでよ！

だけど……ズルい。むこうとこっちでは数《かず》がちがう。

はたから見《み》たら、どっちが本当《ほんとう》のことを言《い》ってるか分《わ》からない……。

近《ちか》くを通《とお》っていく人《ひと》たちも、さわぎに気《き》づいてこっちを見《み》てる。

「あれって、２組《くみ》の火花《ひばな》さん？」

「え、折笠《おりがさ》さんのこといじめてたって本当《ほんとう》？」

「あ、なんかそんなウワサきいたかも……」

小声《こごえ》でしゃべってるつもりなのかもしれないけど、丸《まる》ぎこえ。

やめて、好《す》き勝手《かって》言《い》わないで──。

悲《かな》しくてくやしくて、気《き》を抜《ぬ》くとこぼれそうな涙《なみだ》を、グッとこらえる。

やっぱり、こなきゃよかった。放《ほう》っておけば……。

「──**火花《ひばな》さんの言《い》ってるのは、本当《ほんとう》だよ**」

え？

小《ちい》さいけど、透《す》きとおって、よくとおる声《こえ》。

……クルミくん!?　なんで!?

とつぜん割《わ》りこんできた男子《だんし》に、みんな「だれ？」って顔《かお》をして、わたしもおどろいた。

そして彼《かれ》は張《は》りつめていた空気《くうき》をやぶるようにして、わたしをとりかこむ輪《わ》の中《なか》に入《はい》ってくる。

「折笠《おりがさ》さんっていうのは、きみ？」

クルミくんがしずかに言《い》うと、早苗《さなえ》がうなずく。

「火花《ひばな》さんはウソなんてついてないよ。オレもぐうぜん、本当《ほんとう》にたまたま、その場《ば》にいたんだ」

やけに「ぐうぜん」ってことを強調《きょうちょう》してる。

もしかして、前《まえ》に言《い》った「部室以外《ぶしついがい》ではからまない」って話《はなし》を、守《まも》っているのかな。

クルミくんは自分《じぶん》のスマホを開《ひら》いて、早苗《さなえ》に見《み》せる。

「折笠《おりがさ》さんの猫《ねこ》、この子《こ》？」

「――ビスケ！　これ、まちがいない！」

「かわいかったから写真《しゃしん》に撮《と》ったんだ。よかった……でもごめん、迷子《まいご》の猫《ねこ》だって知《し》らなくて」

ペコリと律儀《りちぎ》に頭《あたま》を下《さ》げるクルミくん。

しゃべってることは、さっきわたしが言《い》ったこととほとんど変《か》わらない。

だけどエミたちの反応《はんのう》は、ぜんぜんちがった。

「まあ……しかたないよね、知《し》らなかったんだし？」

さっきまでの勢《いきお》いはどこへやら。けどべつに、怒《いか》りはわいてこない。

それよりも、さっきの話《はなし》をクルミくんに聞《き》かれたかもと思《おも》うと、全身《ぜんしん》が寒《さむ》くなる。

だれに、どんなふうに思《おも》われてもいい。

でも、クルミくんにだけは、誤解《ごかい》されたくないよ……。

「ビスケ、だっけ。オレもまた探《さが》してみるね」

「う、うん……ありがとう」

早苗《さなえ》はクルミくんにお礼《れい》を言《い》って、つづけてこっちをむく。

「ほむらちゃんも……教《おし》えてくれて、ありがとう」

本心《ほんしん》から言《い》っているのか、それともポーズかは、どうでもいい。

わたしは返事《へんじ》もせずにきびすを返《かえ》して、早足《はやあし》で廊下《ろうか》を歩《ある》いていくけど……。

いろんな気持《きも》ちが、時間差《じかんさ》で次々《つぎつぎ》こみあげてきた。

理不尽《りふじん》な言葉《ことば》をぶつけられたくやしさと。

泣《な》きそうになってるところを見《み》られたはずかしさ。

みんなのささやき声《ごえ》……。

油断《ゆだん》したら泣《な》きそうで、奥歯《おくば》を強《つよ》くかんで耐《た》えていたけど……。

うしろからきた人影《ひとかげ》が、スッとわたしの横《よこ》にならんだ。

「クルミくん……」

追《お》いかけてきたのは、クルミくん。だけど、なにも言《い》わない。

わたしに歩幅《ほはば》をあわせて、歩《ある》いているだけ。

どうして……。

「なにもきかないの？」

ピタリと立《た》ち止《ど》まりながら、声《こえ》をしぼりだす。

すると、クルミくんも足《あし》を止《と》めて、わたしに目《め》をあわせる。

「火花《ひばな》さんは、きいてほしいの？」

うつむきながら、ギュッとスカートのすそをつかむ。

本当《ほんとう》は、言葉《ことば》にするのはつらい。だけど、きいてほしい。

矛盾《むじゅん》してるけど、両方《りょうほう》ともまちがいなくわたしの気持《きも》ち。

話《はな》せばきっと長《なが》くなるけど、張《は》り裂《さ》けそうな胸《むね》の内《うち》を、きいてもらいたかった。

14 黒歴史《くろれきし》の記憶《きおく》のとびら

「はい、カフェオレでよかった？」

「うん、ありがとう……」

いつもの部室《ぶしつ》で、クルミくんが買《か》ってきてくれた紙《かみ》パックを受《う》けとる。

ここならだれかに話《はなし》を聞《き》かれる心配《しんぱい》もないし……言《い》いにくい話《はなし》をするなら、ここがいい。

「ゆっくりでいいよ。オレはしゃべるのは上手《じょうず》じゃないけど、きくのはにがてじゃないから」

「うん……あのね……」

長机《ながづくえ》を前《まえ》に、２人《ふたり》ならんでイスにすわりながら、ポツポツと話《はなし》をはじめる。

小学校《しょうがっこう》のころの、あの黒歴史《くろれきし》を……。

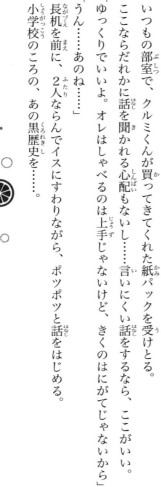

あのころはまだ、早苗《さなえ》ちゃんとわたしはすごくなかよしだった。

「親友《しんゆう》」だって思《おも》ってた。

おたがいの家《いえ》に遊《あそ》びにいくこともあったし、2人《ふたり》で出《で》かけることもあって。

楽《たの》しいことも、悩《なや》みも、なんだってうちあけあえていた。

ある日早苗《ひさなえ》ちゃんはこっそり同《おな》じクラスのトウヤくんが好《す》きなんだって、おしえてくれたの。

「だれにもヒミツね、ほむらちゃん」

「うん、わかってるよ！」

ってゆびきりして「トクベツな友《とも》だち」って思《おも》ってくれてることがうれしかった。

「だけどさ、トウヤくんって、今月《こんげつ》で転校《てんこう》

しちゃうんでしょ？」

「……うん、そうなの。卒業《そつぎょう》まであと少《すこ》しなのに……」

かなしそうにうつむいた早苗《さなえ》ちゃん。

だけどすぐに顔《かお》を上《あ》げる。

「だからね、会《あ》えなくなっちゃう前《まえ》に告白《こくはく》しようか、まよっていて……」

「**ええ――っ！**」

告白《こくはく》！　すごい！

どっちかっていうとおとなしい早苗《さなえ》ちゃんが！

でも、そんなにトウヤくんのことが好《す》きなんだ……。

「けど、やっぱり心配《しんぱい》だよ。ほむらちゃん、どう思《おも》う？」

「早苗《さなえ》ちゃんに好《す》きって言《い》われてイヤな人《ひと》なんていないよ！　早苗《さなえ》ちゃんはかわいいし、いい子《こ》だし。それはいちばんわたしが知《し》ってるもん。伝《つた》えないほうがいいなんてこと、ないと思《おも》う！」

わたしが力強《ちからづよ》く言《い》うと、早苗《さなえ》ちゃんはうれしそうに笑《わら》った。

「ほむらちゃん……。ありがとう、やっぱりわたし、がんばってみる」

早苗《さなえ》ちゃんの告白《こくはく》がうまくいくことを、心《こころ》から祈《いの》っていたんだけど……。

その次《つぎ》の日《ひ》のこと。

わたしは先生《せんせい》から、授業《じゅぎょう》で使《つか》った資料《しりょう》を倉庫《そうこ》にかたづけるようにたのまれた。

すると運《はこ》んでる途中《とちゅう》、そのトウヤくんが、声《こえ》をかけてきたの。

「重《おも》くて大変《たいへん》だろ。オレも手伝《てつだ》うよ」

「うわーやさしい！　ありがとう！」

トウヤくんって、いい人《ひと》だなあ。早苗《さなえ》ちゃんが好《す》きになる気持《きも》ちも分《わ》かるよ。

なんて思《おも》っていたんだけど……。

かたづけが終《お》わったあと、トウヤくんがきいてきた。

「**……火花《ひばな》さんってさ。好《す》きな人《ひと》いるの？**」

「えっ？」

頭《あたま》の中《なか》で、警鐘《けいしょう》がなる。

なんでそんなことをきくんだろう、それって……。

「オレ、前《まえ》から火花《ひばな》さんのこと、いいなって思《おも》ってたんだ。男子《だんし》にも女子《じょし》にも態度《たいど》が変《か》わらないし、話《はな》してて楽《たの》しいし。スケボーやってるところも、カッコいいし……」

うわあ、そういうふうに言《い》ってくれるのは、すごくうれしい。

うれしいんだけど……！

「火花《ひばな》さん、よかったらオレと……」

「ありがとう！　でも……ごめん！！！」

トウヤくんの言葉《ことば》を、さえぎって謝《あやま》る。

トウヤくんは一瞬《いっしゅん》、目《め》を見《み》ひらいたけど、すぐにニコッとしてくれた。

「そっか……うん。でも、最後《さいご》に話《はな》せてよかったよ」

ゴメンね、トウヤくん。

わたしはまだレンアイとか、ぜんぜんわからないし。

なにより、早苗《さなえ》ちゃんのことを考《かんが》えると、トウヤくんの気持《きも》ちに応《こた》えるわけにはいかなかった。

それからすぐ、トウヤくんは転校《てんこう》して。

……わたしと早苗《さなえ》ちゃんのあいだには、ぎこちない距離《きょり》ができてしまった。

わたしは、思《おも》いがけずできちゃったヒミツが気《き》まずくて。

早苗《さなえ》ちゃんのほうもなぜか、わたしのことを避《さ》けているみたいに、よそよそしかったの。

ううん、早苗《さなえ》ちゃんだけじゃない。

いつからか、クラスのみんなから、距離《きょり》をおかれてるような気《き》がして。

わたしが声《こえ》をかけても、きこえなかったみたいにされることが増《ふ》えた。

……いったい、なにがおきてるの？

その理由《りゆう》がわかったのは、少《すこ》したってから。

家《いえ》で1人《ひとり》でタブレットをいじってたとき、小学校《しょうがっこう》の掲示板《けいじばん》を見《み》たの。

匿名《とくめい》で、だれでも自由《じゆう》な書《か》きこみができるんだけど、そこに書《か》かれていたのは……。

[言《い》われたとおりH《エイチ》のことさけてるけど、ちょっとはこりたかな？]

[まだまだ×。S《エス》ちゃんに、あんなことしたんだもの]

ドキッとして、持《も》っていたタブレットを落《お》としそうになった。

掲示板《けいじばん》に書《か》かれていた絵文字《えもじ》。

H《エイチ》はわたし、S《エス》は早苗《さなえ》ちゃんのこと……？

これって、わたしたちのことが話題《わだい》になってる？

イヤな予感《よかん》がして、掲示板《けいじばん》をさかのぼってみると、気《き》になる書《か》きこみが見《み》つかった。

[ずーっと好《す》きだった人《ひと》に、勇気《ゆうき》を出《だ》してキモチを伝《つた》えたけど、
彼《かれ》が好《す》きなのは、明《あか》るくてかっこいい子《こ》なんだって]

[たぶんそれって、親友《しんゆう》のこと。あの子《こ》のほうがかわいいのは知《し》ってるけど、つらいよ]

[こんなことなら告白《こくはく》しなければよかった]

「……！」

その書《か》きこみの日付《ひづけ》は、トウヤくんが転校《てんこう》する前日《ぜんじつ》。

これを書《か》いたのって、もしかして早苗《さなえ》ちゃん？

するとそのあとに、ほかの子《こ》からコメントがついていた。

[ひょっとしてこの男子《だんし》ってTくん？　親友《しんゆう》って、H《エイチ》のこと？]

[H《エイチ》がS《エス》の好《す》きな人《ひと》をとったの？　裏切《うらぎ》りじゃん！]

[H《エイチ》って、そういうとこあるよね。いろんな人《ひと》にいい顔《かお》して、ズルイ]

「ちがう、そんなことしてないよ！」

ムダだってわかってたけど、タブレットにむけてさけんだ。

……どうして早苗《さなえ》ちゃんがわたしを避《さ》けるようになったのか。

どうして、みんなの態度《たいど》がよそよそしいのか。

ようやくわかった。

そのあとも掲示板《けいじばん》には次々《つぎつぎ》と、わたしが早苗《さなえ》ちゃんに仕事《しごと》を押《お》しつけてるのを見《み》たとか、悪口《わるくち》を言《い》ってたなんて、ぜんぜん身《み》に覚《おぼ》えのないことが、たてつづけに書《か》きこまれていて。

そして、とつぜん途絶《とだ》えていた。

どうやら、ＳＮＳのグループチャットに話題《わだい》が移動《いどう》したみたい。

けどこれじゃあ移動《いどう》した先《さき》で、なにを言《い》われているかわからない。

「そんな……！」

次《つぎ》の日《ひ》。

わたしは教室《きょうしつ》で、早苗《さなえ》ちゃんに声《こえ》をかけた。

「さ……早苗《さなえ》ちゃん」

「ほむらちゃん……」

「け、掲示板《けいじばん》を見《み》たよ。……ごめんねわたし、ぜんぜん知《し》らなくて……」

ううん。

「知《し》らなかった」わけじゃない。

でも、けっして早苗《さなえ》ちゃんを裏切《うらぎ》るつもりじゃ……。

早苗《さなえ》ちゃんはつらそうな顔《かお》で、でも、なにか言《い》いたそうにしてる。

けどそしたら……。

「ちょっと、やめなよほむら！」

そう言《い》ってきたのは、エミちゃん。

エミちゃんは数人《すうにん》の女子《じょし》といっしょに、早苗《さなえ》ちゃんを守《まも》るように間《あいだ》に割《わ》って入《はい》ってくる。

まるで悪者《わるもの》を見《み》るような目《め》で、わたしを見《み》ながら。

「――っ！　どいてよ、わたしは早苗《さなえ》ちゃんと話《はなし》が……」

「ほむらって、本当無神経《ほんとうむしんけい》すぎ！　早苗《さなえ》ちゃんがかわいそうだよ！」

「早苗《さなえ》ちゃんだって、ほむらと話《はな》したくないよね!?」

「…………」

女子《じょし》たちに顔《かお》をのぞきこまれて、早苗《さなえ》ちゃんは、だまってうつむいてしまう。

その様子《ようす》は、まるでそのとおりって言《い》ってるみたい。

「いこ、早苗《さなえ》」

「あ、待《ま》って……」

呼《よ》び止《と》めたけど、早苗《さなえ》ちゃんたちはわたしに、背中《せなか》をむけた。


……それから、卒業《そつぎょう》するまでの間《あいだ》。

わたしは、ず――っと、1人《ひとり》ぼっちだった。

15 ほむらの大《だい》バクハツ!!

話《はな》し終《お》えて、わたしはふぅ〜っと息《いき》をつく。

すごく長《なが》くて暗《くら》〜〜〜い話《はなし》だったよね。

けど、クルミくんはだまってきいててくれた。

じっとわたしを見《み》つめているけど、めっちゃ重《おも》い話《はなし》で引《ひ》いてないかな？

それとも、わたしのことカワイソウって思《おも》ってる？

「火花《ひばな》さん……」

「――っ！」

クルミくんがなにか言《い》いかけたけど、わたしはそれをさえぎるように手《て》に持《も》ってたカフェオレをぐいっともちあげる。

カフェオレはすっかりぬるくなっていたけど、一気飲《いっきの》みする。

……話《はな》してるうちに、思《おも》いだしたよ。

あのころわたしは、自分《じぶん》のいったいなにがいけなかったのか、どこでまちがえたのかを、たくさん考《かんが》えたっけ。

早苗《さなえ》とトウヤくんの仲《なか》を、上手《うま》く応援《おうえん》できなかったかな、とか。

告白《こくはく》されたことを、早苗《さなえ》に言《い》わなかったのがいけなかったのかな、とか。

みんなが言《い》ったように、わたしが無神経《むしんけい》だったせいで、早苗《さなえ》を傷《きず》つけたり誤解《ごかい》させたりしたのかも、とか。

だけど……話《はな》してて思《おも》ったけどさ……。

「やっぱり……**わたしは悪《わる》くなあぁあぁあぁあぁあぁあぁあい！**」

おなかの底《そこ》からさけんだわたしに、クルミくんがビクッとする。

けど、爆発《ばくはつ》したわたしの気持《きも》ちは止《と》まらない！

「『親友《しんゆう》の好《す》きな人《ひと》をとった』って？　告白《こくはく》されちゃっただけだよ？　それもすぐに断《ことわ》ったし、あれ以上《いじょう》、なにをしろって言《い》うのさ！　トウヤくんに『わたしの代《か》わりに早苗《さなえ》とつきあって』ってたのめばよかったの？　それこそ無神経《むしんけい》でしょ！」

「う、うん。それはないよね」とクルミくん。

でしょでしょ！

早苗《さなえ》にだって「トウヤくんに告白《こくはく》された」なんて言《い》えるわけない。

「誤解《ごかい》を解《と》こうにも、みんな聞《き》く耳持《みみも》ってくれないんだもん！　わたしの知《し》らないところで、あること無《な》いこと書《か》きまくってさ！　いつの間《ま》にか極悪非道《ごくあくひどう》の大悪人《だいあくにん》にされて、なんなの――――！」

考《かんが》えるよりも先《さき》に、あふれ出《で》る言葉《ことば》を次々《つぎつぎ》と吐《は》きだしていく。

「コイバナなんかしたのがいけなかったのかも。ほんと、レンアイなんて、もうこりごりだよ！」

「こりごり、か……」

「え、なに？」

「なんでもない……うん、オレもそう思《おも》うよ。火花《ひばな》さんは、なにも悪《わる》くないって」

「ありがと、クルミくん………あ、でも」

さけんどいて、なんだけど。

じつはちょっとだけ、ダメだったのかなって思《おも》うこともあるんだよね。

イスの上《うえ》で、わたしはひざをかかえる。

「わたし、だれにでもいい顔《かお》しちゃうところがあるのかな……って。みんなとなかよくしたいって思《おも》ってるけど……もしかしたら、人《ひと》によっては、そういうのが気《き》にさわってたのかも。全員《ぜんいん》と、広《ひろ》く浅《あさ》いつきあいばかりしてたから、掲示板《けいじばん》が炎上《えんじょう》したとき、だれも助《たす》けてくれなかったのかなあって……」

小《ちい》さいころから、わたしは目立《めだ》つタイプだって言《い》われてて。

なんの気《き》なしにしたことが、おもしろく思《おも》われないこともあった。

だから敵《てき》を作《つく》らないために、なるべくだれといても、態度《たいど》を変《か》えないように気《き》をつけてたんだけど。

そういうのって、うわべだけいい顔《かお》をしてごまかす、八方美人《はっぽうびじん》？

掲示板《けいじばん》でもそんなことを言《い》われていたし……それだけはまちがってたのかも……。

と自問自答《じもんじとう》していると、クルミくんが言《い》った。

「オレは……火花《ひばな》さんはそのままでいいと思《おも》うよ」

大《おお》きくないけど、きっぱりした声《こえ》で。

「え？　でも掲示板《けいじばん》では、いろんな人《ひと》にいい顔《かお》してるって……」

「たぶんそれ、うのみにしちゃダメなやつだと思《おも》う。火花《ひばな》さんが悪者《わるもの》だっていう決《き》めつけが先《さき》にあって、みんな書《か》いてるんだもの。それだと、火花《ひばな》さんのまちがってないことも悪《わる》くとらえられるよ」

「……！」

クルミくんの言葉《ことば》の1つ1つが、胸《むね》に響《ひび》いてくる。

「だれにでもいい顔《かお》するって言《い》ってたけど、火花《ひばな》さんはウソは言《い》わないし、作《つく》り笑《わら》いでごまかしたりしないでしょ。相手《あいて》のことを考《かんが》えて、気《き》づかいできるってことだよ。――オレは、しゃべるの苦手《にがて》で、だれとでも話《はな》せるわけじゃないから……そんなふうにできる火花《ひばな》さんは、すごいと思《おも》うよ。だから、あまり考《かんが》えすぎないで」

ニコッと笑顔《えがお》をむけてくれるクルミくん。

まるで刺《さ》さっていたトゲが抜《ぬ》けたみたいに、心《こころ》がかるくなる。

うれしい……。

さっきまで泣《な》きそうだったけど涙《なみだ》が引《ひ》っこんじゃった。

「ありがとう……クルミくんって、聞《き》き上手《じょうず》だよね。ぜんぜん楽《たの》しくない話《はなし》だったのに、親身《しんみ》になってくれて」

「それは火花《ひばな》さんだよ。オレがいつも一方的《いっぽうてき》にしゃべっても、聞《き》いてくれるし」

「あはは、写真《しゃしん》のことになるとメッチャしゃべるもんね。でも話《はなし》くらい聞《き》くよ。なにせいい顔《かお》したがる、八方美人《はっぽうびじん》ですから」

ふざけながら、ニッと笑《え》みを作《つく》る。

うん、もう大丈夫《だいじょうぶ》。

早苗《さなえ》との一件《いっけん》は、わたしの世界《せかい》を大《おお》きく変《か》えた。

でも、中学《ちゅうがく》に入《はい》ってからは、小学校《しょうがっこう》のメンバーはバラバラになって。

さいわいクラスに同小《どうしょう》の子《こ》がいなかったおかげで、人間関係《にんげんかんけい》がリセットできたし。

炎上《えんじょう》がきっかけでネットに苦手意識《にがていしき》があったけど、アオハルチャレンジをはじめて、のりこえられた。

きっかけは、クルミくんだ。

クルミくんって、わたしの中《なか》にかたまってた意地《いじ》や悩《なや》みを、簡単《かんたん》にこわしてくれるんだから。

クルミくんがふと、思《おも》いだしたようにスマホの時計《とけい》を見《み》た。

「あっ、火花《ひばな》さん、下校時間《げこうじかん》、とっくにすぎてるよ」

「え、もうそんな時間《じかん》!?」

時計《とけい》を見《み》ると……ヤバ、本当《ほんとう》だ。

どうやら話《はな》してる間《あいだ》に、ずいぶん時間《じかん》が経《た》ってたみたい。

あわてて帰《かえ》りじたくをはじめる。

「戸締《とじ》まりはすませたね。先生《せんせい》に見《み》つかる前《まえ》に、早《はや》く出《で》よう」

「うん！」

カバンを持《も》って部室《ぶしつ》を出《で》ながら……ふと思《おも》いだす。

……クルミくん、さっきわたしのこと、「ウソは言《い》わない」って言《い》ってくれたのに。

わたし1つだけ、クルミくんをだましてる。

青春仕掛《せいしゅんしか》け人《にん》は、わたしだってこと。

かくしたままで、いいのかなあ……。

16 正面《しょうめん》からぶつかって！

「わざわざ送《おく》ってくれなくてもいいのに。下校時間《げこうじかん》はすぎてるけど、まだ明《あか》るいんだしさ」

「そうはいかないよ。……送《おく》るのがオレじゃ、たよりないかもしれないけど」

「ええっ!?　そんなことないよ！」

せっかくクルミくんが言《い》ってくれるんだし、甘《あま》えちゃおうかな。

「部室以外《ぶしついがい》では、あまりからまない」ってルールも、いまは気《き》にしなくていいよね。

ならんで住宅街《じゅうたくがい》の中《なか》を歩《ある》いていくと……。

「ニャー」

え、猫《ねこ》っ!?

同時《どうじ》に足《あし》を止《と》めて見《み》ると、そこにいたのはビスケとは似《に》ても似《に》つかない三毛猫《みけねこ》だった。

「……ビスケかと思《おも》っちゃったけど、ちがったね」

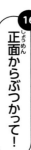

「うん。折笠《おりがさ》さんの猫《ねこ》、どこにいるんだろうね…………あ、ゴメン」

なぜかクルミくんに謝《あやま》られた。

もしかして早苗《さなえ》との話《はなし》を聞《き》いたものだから、気《き》を使《つか》ってるの？

でもね……。

「わたしと早苗《さなえ》のことは、気《き》にしなくていいよ。それにクルミくん、本当《ほんとう》にビスケのこと心配《しんぱい》してるんだね」

「うん。だって、飼《か》い猫《ねこ》が迷子《まいご》だなんて……火花《ひばな》さんとの話《はなし》を聞《き》いたあとだと、いろいろ思《おも》うことあるけど、それでも……」

「**猫《ねこ》に罪《つみ》はないし**」

声《こえ》がハモって、２人《ふたり》ともプッと吹《ふ》きだす。

やっぱりね。クルミくんなら、きっとそう言《い》うと思《おも》ったよ。

「きっと見《み》つかるよ。早苗《さなえ》にも、場所《ばしょ》は教《おし》えたんだし」

「それはどうだろう？　あの猫《ねこ》、気《き》まぐれな性格《せいかく》っぽかったし。ひと晩《ばん》経《た》っても同《おな》じ場所《ばしょ》に留《とど》まってるかな？」

「うっ……でも早苗《さなえ》、ポスターを貼《は》って情報《じょうほう》を集《あつ》めてたし。見《み》かけた人《ひと》が連絡《れんらく》してくれれば……」

「それもどうかなあ……。昨日《きのう》のオレたちがそうだったみたいに、そもそも迷《まよ》い猫《ねこ》だってことを知《し》らなかったら、連絡《れんらく》しないし。迷子《まいご》になったペットを探《さが》す投稿《とうこう》って、ネットでよく見《み》かけるけど、たいていの場合《ばあい》もどってこないんだって。もちろん、見《み》つかった例《れい》もあるけど」

クルミくんが、心配《しんぱい》そうに顔《かお》をくもらせる。

……うう、たしかに。

「ポスターを見《み》ても、すぐ忘《わす》れちゃう人《ひと》もいるからね。もしもポスターを見《み》た人全員《ひとぜんいん》が、探《さが》すのを手伝《てつだ》ってくれたら、見《み》つかるかもしれないけど」

ポスターを見《み》たのに探《さが》さない人《ひと》が、冷《つめ》たいってわけじゃない。

けど、わざわざ行動《こうどう》にうつす人《ひと》は、少《すく》ないよね……。

そこまで考《かんが》えて、わたしはピタリと足《あし》を止《と》めた。

「……待《ま》って。全員《ぜんいん》とまではいかなくても、もし本気《ほんき》で探《さが》してくれる人《ひと》が、たくさん現《あらわ》れたら……？」

「火花《ひばな》さん？」

ある考《かんが》えがうかんだ。

本気《ほんき》でビスケを探《さが》してくれる人《ひと》を増《ふ》やす方法《ほうほう》……もしかしたら、あるかもしれない。

ただ、そのためには……。

「どうしよう……ああ、けどやっぱり……」

足《あし》を止《と》めたまま、わたしはその場《ば》でぶつぶつつぶやく。

「どうしたの、火花《ひばな》さん？　なにか気《き》になることでもあるの？」

「ううん、気《き》になることっていうか、あのね、クルミくん……っ」

話《はな》そうとして、言葉《ことば》につまる。

本当《ほんとう》に？　本当《ほんとう》にいま、言《い》っちゃうの？

「火花《ひばな》さんはウソを言《い》わない」ってほめてもらったばかりなのに？

けど……。

ええーい、どうせいつかは言《い》わなきゃいけないんだもの！

わたしはクルミくんに、むきなおって言《い》った。

「ごめんなさいクルミくん、じつはわたしウソついてたの！　青春仕掛け人《せいしゅんしかけにん》ってわたしなんだ！」

「へ？」

目《め》を丸《まる》くするクルミくんに、わたしはさらにつづける。

「わたし、『灯《ともしび》』とはべつに、もう1つSNSアカウントを持《も》ってるの。それが『青春仕掛《せいしゅんしか》け人《にん》』。アオハルチャレンジをはじめたのも、毎回出《まいかいだ》されるお題《だい》も、じつは全部《ぜんぶ》わたしが考《かんが》えてたんだよ！」

火花《ひばな》ほむら一世一代《いっせいいちだい》の告白《こくはく》が、暗《くら》くなりかけた町《まち》にひびく。

さいわい、まわりに人《ひと》がいないから、だれにも聞《き》かれてないだろうけど……。

クルミくんの顔《かお》が、じょじょに真剣《しんけん》なものになる。

「火花《ひばな》さんが、青春仕掛《せいしゅんしか》け人《にん》？　本当《ほんとう》に？」

「うん。ほら、これがアカウント」

スマホを取《と》りだして、本人《ほんにん》しか見《み》られない「青春仕掛《せいしゅんしか》け人《にん》」のアカウント画面《がめん》を見《み》せると、クルミくんにも本当《ほんとう》だってことが伝《つた》わったみたい。

「ずっとだまってて、ごめんなさい！」

不安《ふあん》で肩《かた》がふるえて、おもわずわたしはクルミくんから目《め》をそらす。

だけど耳《みみ》にはしっかりと、かたい調子《ちょうし》になったクルミくんの声《こえ》が届《とど》く。

「火花《ひばな》さんが青春仕掛《せいしゅんしか》け人《にん》なら、なぜヒミツにしたままオレを誘《さそ》ったの？」

「それは……」

そもそもアオハルチャレンジがクルミくんと話《はな》すきっかけがほしくてはじめたものだから……。

とは説明《せつめい》できずに、ためらっているうちに、クルミくんが暗《くら》い声《こえ》で言《い》った。

「………アオハルチャレンジを盛《も》りあげるのに、人数《にんずう》を増《ふ》やすため？」

えっ？

「そ、そんな……」

「それなら言《い》ってくれればよかったのに。オレの写真《しゃしん》をほめてくれたのは、ウソだったんだね」

そんなわけないじゃない！　って言《い》いたいけど……。

クルミくんは傷《きず》ついた顔《かお》をして、こちらを見《み》ないまま話《はな》しつづけてる。

やっぱり、だまされてたのがショックだったんだ。

きらわれた……って思《おも》うと怖《こわ》くて、のどがギュッとなって、うまく声《こえ》が出《で》てこない。

だけど……**だけど自分《じぶん》の気持《きも》ちを伝《つた》えられずに誤解《ごかい》されたままになるのは、もう二度《にど》とイヤだ。**

とくに、クルミくんとは、絶対《ぜったい》に！

わたしは手《て》をのばして、クルミくんの手《て》をとった。

ぎゅっ、と強《つよ》くにぎる。

「火花《ひばな》さん？」

「ナイショにしてたのは、本当《ほんとう》にごめん。だけどお願《ねが》い、わたしの話《はなし》をきいて！」

回《まわ》りくどいことをしたせいで、クルミくんを傷《きず》つけてしまったけど。

素直《すなお》な気持《きも》ちを、必死《ひっし》になってうったえる。

「クルミくんの写真《しゃしん》は素敵《すてき》！　これは１００％本気《パーセントほんき》だよ！　わたし、あの紫陽花《あじさい》の写真《しゃしん》を見《み》て、クルミくんがなにを見《み》てるか知《し》りたかったし、どんなふうに写真《しゃしん》を撮《と》るのかも気《き》になったし、もっと色《いろ》んなことを話《はな》してみたいって思《おも》ったの！！！」

「ちょ、ちょっ、火花《ひばな》さ……」

「アオハルチャレンジに誘《さそ》ったのは、たくさんの人《ひと》にクルミくんの写真《しゃしん》を見《み》てもらいたかったから。でもこれはよけいなおせっかいだったよね、ほんとゴメン！　でもわたしがクルミくんの写《しゃ》真《しん》が好《す》きなのも、いっしょにアオハルチャレンジしたいのも１００％本気《パーセントほんき》の本当《ほんとう》だか……ほえ!?」

すぐ目《め》の前《まえ》に、手《て》のひらが出《で》てきて、びっくりして言葉《ことば》が止《と》まる。

「わかった、わかったからストップ！」

手《て》のひらのむこうに、顔《かお》をまっかにしたクルミくんが見《み》えた。

い、いけない……しゃべるのに夢中《むちゅう》になって、距離《きょり》が近《ちか》くなりすぎてた。

「…………ごめん」

「え？」
「オレ、ろくに火花《ひばな》さんの話《はなし》をきかずに、決《き》めつけようとしてた。さっきあんな話《はなし》をきいたばかりだったのに……」
さっきまでの、こわばった表情《ひょうじょう》がほどけて、もうしわけなさそうな顔《かお》をするクルミくん。
だけどすぐに、ホッとしたみたいに笑《わら》う。

「よかった……火花《ひばな》さんがオレの、思《おも》ってた通《とお》りの人《ひと》で」

「へ？」

「ごまかさないで、正面《しょうめん》からぶつかってくれるってこと」

「――――！」

よかった……わたし、ちゃんと伝《つた》えられたんだ！

「……オレ、アオハルチャレンジする時間《じかん》が大事《だいじ》になってたんだ。だからちょっと動揺《どうよう》しちゃって……でも、本当《ほんとう》のことを教《おし》えてもらえてよかった。これからもいっしょにやれるかな？」

「――っ！　もちろんだよ！」

ホッとしたせいで力《ちから》がぬけて、ヘナヘナとしゃがみこむ。

「だいじょうぶ、火花《ひばな》さん？」

ほどくタイミングがないままになってたクルミくんの手《て》にひっぱってもらって、立《た》ちあがったけど……なんだかまだ力《ちから》が入《はい》らずに、わたしは歩道《ほどう》の手《て》すりに腰《こし》かけた。

クルミくんも、となりによりかかる。

「気分《きぶん》わるい？　オレ、キツい言《い》い方《かた》して……」

「ううん、それはいいし、もうだいじょうぶ。クルミくんにきらわれなかったって、ホッとして力《ちから》がぬけただけだから」

わたしが言《い》うと、クルミくんは、ちょっとてれたような顔《かお》になった。

「……それにしても。火花《ひばな》さん、どうしていきなり、青春仕掛《せいしゅんしか》け人《にん》だってことうちあけたの？」

あ、そうだ。

まだ大事《だいじ》なことを、言《い》ってなかった。

わたしはもう一度《いちど》、クルミくんにむきなおる。

「あのね、ビスケの捜索作戦《そうさくさくせん》で、思《おも》いついたことがあって、相談《そうだん》したくて……！」

ふしぎそうにするクルミくんに、うちあける。

「次《つぎ》のアオハルチャレンジのお題《だい》に、こういうのを出《だ》したらどうかな！」

言《い》いながらわたしは、スマホに文字《もじ》を入力《にゅうりょく》してみせる。
#アオハルチャレンジ
#行方不明《ゆくえふめい》のペットを探《さが》す
「行方不明《ゆくえふめい》のペットを……そうか、アオハルチャレンジで呼《よ》びかければ……」

「うん、もしかしたらチャレンジのために、ビスケを探《さが》す人《ひと》が増《ふ》えるかもしれないでしょ！」

「うん、いいと思《おも》う！」

クルミくんが深《ふか》くうなずくのに勇気《ゆうき》をもらって、さっそく、わたしはスマホにお題《だい》をうちこむ。

「こんなアイディアを思《おも》いつくなんて、すごいや。さすが青春《せいしゅん》仕《し》掛《か》け人《にん》さんだね」

「そんな、たまたま浮《う》かんだだけだってば」

『青春《せいしゅん》仕《し》掛《か》け人《にん》』のアカウントで、お題《だい》をポストして。

それから、『灯《ともしび》』のアカウントに切《き》り替《か》える。

［いま、知《し》りあいの猫《ねこ》が迷子《まいご》です。見《み》かけた人《ひと》は情報《じょうほう》お願《ねが》いします
#アオハルチャレンジ　#行方不明《ゆくえふめい》のペットを探《さが》す］
ポストするための文章《ぶんしょう》を打《う》ちこんでいると、クルミくんが。

「オレ、迷《まよ》い猫探《ねこさが》しのポスター、撮《と》ってある。火花《ひばな》さんのスマホに送《おく》るからつけるといいかも」

「ありがとう、さすがクルミくん！」

「あ、でも折笠《おりがさ》さんの連絡先《れんらくさき》と名前《なまえ》は消《け》しておくよ」

だね。

いくらビスケを探《さが》すためでも、ネットに本名《ほんみょう》を上《あ》げるわけにはいかないもの。

あとはこのポストを見《み》た人《ひと》たちが、探《さが》してくれるといいんだけど……。

「ほかには、なにかできることないかな？」

もちウサギのSNSまめちしき

名前《なまえ》や連絡先《れんらくさき》を、みんなの見《み》られる設定《せってい》でネットにあげたらあぶないもち！　個人的《こじんてき》に教《おし》えるときも、本当《ほんとう》にお知《し》らせしていいか、よく考《かんが》えてからにしてほしいもち。ほむらちゃんたち、早苗《さなえ》ちゃんの名前《なまえ》は消《け》したけど、ポスターをあげるのは早苗《さなえ》ちゃんに確認《かくにん》してからのほうがよかったもちね……？

「そうだね……あ。迷《まよ》い犬《いぬ》や迷《まよ》い猫《ねこ》を探《さが》す掲示板《けいじばん》へのリンクに、アオハルチャレンジのタグをつけて拡散《かくさん》するのはどう？」

「いいね、それやろう！」

アオハルチャレンジをする人《ひと》が、どこに住《す》んでるか、何人《なんにん》くらいいるのかはわからないけど。

その人《ひと》たちが、近《ちか》くに、ペットが迷子《まいご》になってこまっている人《ひと》がいることを知《し》ったら。

その子《こ》を探《さが》してチャレンジに参加《さんか》しようって考《かんが》える人《ひと》がいるかもしれないし。

そうしたら、探《さが》している飼《か》い主《ぬし》さんも助《たす》かる。

そうしているうちに、ＳＮＳ上《じょう》では、今回《こんかい》のチャレンジが話題《わだい》になっていた。

［うちの文鳥《ぶんちょう》も逃《に》げちゃった。見《み》つけた人《ひと》、知《し》らせてください。ほんとに心配《しんぱい》です］

［うちの近《ちか》くでも、捜索願《そうさくねが》いが出《だ》されてる犬《いぬ》がいる。明日見《あしたみ》てまわろうかな］

やる気《き》になってくれてる人《ひと》がいるのがうれしい。

「みんなのペット、見《み》つかるといいね……ビスケも」

――そして。ビスケを探《さが》してるっていう『灯《ともしび》』のポストに、［それっぽい猫見《ねこみ》つけました］ってコメントがついたのは、次《つぎ》の日《ひ》のことだった。


「拡散《かくさん》」って難《むずか》しい言葉《ことば》もちね。ネット上《じょう》でたくさんの人《ひと》に見《み》てもらえるように、人《ひと》のポストを自分《じぶん》のアカウントで再投稿《さいとうこう》することだもち。「リポスト」とも言《い》うもちよ。

もちウサギのSNSまめちしき

17 「キヨマサさん」ってどんな人《ひと》？

［迷子《まいご》の猫《ねこ》、それっぽい子《こ》を見《み》つけました］

放課後《ほうかご》の教室《きょうしつ》、わたしのスマホに、通知《つうち》がきたんだ。

見《み》ると、あのポストに、コメントがついていた。

ビスケが見《み》つかった⁉

でも、メッセージの「それっぽい猫《ねこ》」っていうのは、なんだかあやふやな言《い》い方《かた》だ。

コメントの主《ぬし》のアカウント名《めい》は『キヨマサ』。

名前《なまえ》から男《おとこ》の人《ひと》かなって思《おも》うけど、年齢《ねんれい》も性別《せいべつ》も、実際《じっさい》とちがってても登録《とうろく》できちゃうのがSNSだから、本当《ほんとう》のことはわからない。

とりあえずわたしは、ぽちぽちと返信《へんしん》をうちこむ。

［情報《じょうほう》ありがとうございます。すみません、その猫《ねこ》の写真《しゃしん》送《おく》れますか？］

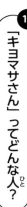

猫《ねこ》を見《み》つけたっていうのはウソで、興味本位《きょうみほんい》で、からみたいだけかも。

うたがうようで申《もう》し訳《わけ》ないけど、すぐに信《しん》じるわけにはいかないの。

すると、すぐにポン！　と通知音《つうちおん》がなった。

［それが、その猫《ねこ》はいま、写真《しゃしん》が撮《と》れない場所《ばしょ》にいるんです。かわりに位置情報《いちじょうほう》を送《おく》ります］

ええ――――っ？

写真《しゃしん》が撮《と》れない場所《ばしょ》……って、どういうこと!?

念《ねん》のため、位置情報《いちじょうほう》から地図《ちず》を表示《ひょうじ》してみると……あっ。

そこは、この前《まえ》クルミくんといっしょにいった、神社《じんじゃ》の近《ちか》くの道《みち》のまんなか。

ってことは「キヨマサ」さんの言《い》ってる猫《ねこ》が、ビスケの可能性《かのうせい》が高《たか》い。

けど……　どうしよう？

これって「この場所《ばしょ》で会《あ》おう」って言《い》われてる？

本当《ほんとう》に、ただの親切《しんせつ》な人《ひと》かもしれない。

でも、知《し》らない相手《あいて》と直接会《ちょくせつあ》うなんて、危険《きけん》だよね。

「そうだ、クルミくんに相談《そうだん》しよう」

クルミくんはもう部活《ぶかつ》にいってるけど、なにがあったかを書《か》いてメッセージを送信《そうしん》する。

と、**ピピピピッ！**　と直接《ちょくせつ》、通話《つうわ》がきたっ！

「はいっ!?」

「メッセージ見《み》たよ。**SNS上《じょう》の相手《あいて》と直接《ちょくせつ》会《あ》うのはあぶないよ！**」

すぐにあせったような声《こえ》がとんでくる。

わたしは教室《きょうしつ》に残《のこ》ってる人《ひと》たちに聞《き》こえないよう、声《こえ》を落《お》として答《こた》えた。

「う、うん、それはわたしもわかってるよ。けど、もしこの場所《ばしょ》に本当《ほんとう》にビスケがいるなら、すぐにいったほうがいいよね……？」

たしかな情報《じょうほう》じゃないから、もちろん早苗《さなえ》に声《こえ》をかけるわけにもいかないし……。

「だったらオレがいっしょにいく。２人《ふたり》でなら、なにかあっても対応《たいおう》できるから」

きっぱりというクルミくんの声《こえ》が、たのもしい。

わたしたちは合流《ごうりゅう》してから、「キヨマサ」さんから送《おく》られてきた場所《ばしょ》へむかうことにした。

校舎《こうしゃ》から外《そと》に出《で》ると、空《そら》にはどんよりとした雲《くも》がかかっている。

クルミくんは、やっぱり警戒《けいかい》しているのか、雰囲気《ふんいき》がピリピリしている。

「それで？　『キヨマサ』さんは、その場所《ばしょ》で待《ま》ってるって？」

「うん。……どんな人《ひと》だろう。いい人《ひと》ならいいんだけど」

「それはわからないけど、とりあえず、歴史《れきし》が好《す》きなのかも」

「へ？　なんで歴史《れきし》？」

「自画像《じがぞう》アイコン。それ、加藤清正公《かとうきよまさこう》だから」

そういえば。

キヨマサさんのアイコンは歴史《れきし》の教科書《きょうかしょ》に載《の》ってるような武将《ぶしょう》のイラストだっけ。でも……？

「加藤清正《かとうきよまさ》は、安土桃山時代《あづちももやまじだい》に活躍《かつやく》した武将《ぶしょう》だよ。いまの熊本城《くまもとじょう》を築《きず》いたことで有名《ゆうめい》なんだ」

へえ……ヤバ、わたしぜんぜん知《し》らなかった！

クルミくんって、歴史《れきし》も好《す》きなのか……。

そんな話《はなし》をしながら、いよいよあの神社《じんじゃ》が近《ちか》づいてきた。

――よし、いこうっ！

真剣《しんけん》な表情《ひょうじょう》のクルミくんと視線《しせん》を合《あ》わせて、うなずきあう。

「あれ、あの人《ひと》……」

指定《してい》されたあたりの道《みち》のまんなかで、立《た》っている人《ひと》がいる。

腕組《うでぐ》みしながら、スマホをながめているけど……えっ、あの人《ひと》がキヨマサさん？

「オレが声《こえ》をかけてみるね。あの、すみません！」

クルミくんが声《こえ》をかけると、その人《ひと》がふりむく。

「あ、あの、オレたち、いなくなった猫《ねこ》を探《さが》してきたんですけど……」

「ん？　きみ、ひょっとして『灯《ともしび》』さん？」

「ええと……あの、あなたが『**キヨマサ**』さんですか？」

「ああ、あたしがキヨマサだよ。ほら、これが証拠《しょうこ》」

言《い》いながらその人《ひと》……近《ちか》くの高校《こうこう》の制服《せいふく》を着《き》たお姉《ねえ》さんが、スマホを見《み》せてくる。

そこには、さっきわたしたちが見《み》ていたキヨマサさんのアカウント設定画面《せっていがめん》が表示《ひょうじ》されている。

たしかに、この人《ひと》だ！

キヨマサさんって女性《じょせい》で、しかも、高校生《こうこうせい》だったんだ――！

「すみません、『灯《ともしび》』はわたしなんです。彼《かれ》は……ええと、」

「クラスメイトです。オレもアオハルチャレンジをやってるので、いっしょにきました」

わたしたちが、順番《じゅんばん》に自己紹介《じこしょうかい》すると、キヨマサさんは大《おお》きく口《くち》を開《あ》けて笑《わら》った。

「なるほど。２人《ふたり》とも、**アオハルチャレンジャー**なんだね！」
ア、アオハルチャレンジャー!?
「うちの学校《がっこう》でもアオハルチャレンジが流行《はや》ってて。やってる人《ひと》をそう呼《よ》んでるんだけど、あれ？　君《きみ》たちのとこはちがう？」

「初耳《はつみみ》です」

たぶんそう呼《よ》んでるのって、キヨマサさんの学校《がっこう》だけじゃないかな。だって青春仕《せいしゅんし》掛《か》け人《にん》の、わたしが知《し》らないんだもの。けどアオハルチャレンジャーって、いい呼《よ》び名《な》かも。

「チャレンジ達成《たっせい》のためって言《い》っても、ネット上《じょう》の人《ひと》と待《ま》ち合《あ》わせするのはヤバかったかなって思《おも》ってたけど……勇気《ゆうき》を出《だ》してメッセージして、よかったよ」

と笑《わら》うキヨマサさん。緊張《きんちょう》してたのは、むこうも同《おな》じだったみたい。

「あのそれで、ビスケを……猫《ねこ》はいったいどこに？」

「それが、ちょっとやっかいな場所《ばしょ》なんだ。位置情報《いちじょうほう》だけじゃ見《み》つけられないと思《おも》って、ここで待《ま》ってたわけ。――――ほらそこ」

道《みち》のはしっこを指《さ》す、キヨマサさん。

でも……あの、なにもいませんけど?

「ニャ〜」

え? いまたしかに、猫《ねこ》の声《こえ》が聞《き》こえた!

だけどきょろきょろしてみても、ビスケのすがたがない!?

ふしぎに思《おも》っているとまた、かすかな「ニャ〜」って声《こえ》が、下《した》のほうから聞《き》こえてきた。

「ひょっとしてビスケがいるのって、そこの溝《みぞ》の中《なか》ですか?」

クルミくんが聞《き》くと、キヨマサさんは「ああ」って答《こた》える。

見《み》ると、道《みち》のはしには、雨水《あまみず》を逃《に》がすための小《ちい》さな穴《あな》の開《あ》いたブロックが並《なら》んでいた。

このブロックの下《した》は、水《みず》の流《なが》れる溝《みぞ》になっているはず。

ビスケは、この中《なか》にいるってこと!?

「たまたま近《ちか》くを通《とお》ったら、鳴《な》き声《ごえ》が聞《き》こえてきてね。そのブロックに、穴《あな》が開《あ》いているだろう。そこからちらっと猫《ねこ》の顔《かお》が見《み》えたんだ。ゴメン、そのとき写真《しゃしん》に撮《と》っておけばよかったんだけど、いまは奥《おく》に引《ひ》っこんじゃって、姿《すがた》が見《み》えなくなってる」

キヨマサさんは謝《あやま》ってきたけど、それはしかたない。相手《あいて》は猫《ねこ》だもの。

「で、昨日《きのう》見《み》た、アオハルチャレンジで探《さが》してる猫《ねこ》のことを思《おも》いだしてね。連絡《れんらく》したんだ」

「ありがとうございます！　けどビスケ、どうしてこんなところに入《はい》っちゃったんだろう……」

「どこから入《はい》ったかはわからないけど、猫《ねこ》ってせまいスキマを通《とお》って移動《いどう》するっていうからね。猫《ねこ》が溝《みぞ》にはまって出《で》られなくなったって話《はなし》もよく見《み》るし、案外《あんがい》あることなのかも。問題《もんだい》は……」

キヨマサさんはクツのつま先《さき》で**トントン**と、地面《じめん》をおおったブロックをつつく。

「君《きみ》たちがくるまでに調《しら》べてみたんだけど、ビスケくんを助《たす》けるためには、このブロックを持《も》ちあげなきゃいけない。だけど……」

「オレ、ちょっとやってみます」

「あ、わたしもいっしょに！」

クルミくんとわたしは、ブロックの開《あ》いてる穴《あな》に指《ゆび》を入《い》れて、息《いき》をあわせて持《も》ちあげてみるけど……。

「ダメだ、ピクリともしないや」

「ムリかあ。あたしもどうにかできないかやってたけど、お手上《てあ》げだったんだ。そのブロック、厚《あつ》みがあって、穴《あな》に指《ゆび》を入《い》れても底《そこ》に引《ひ》っかけることができないだろ？」とキヨマサさん。

そう、だから力《ちから》がかけられないの。

コンクリートでできたブロックなんて、ただでさえ重《おも》たいのに。

なら、キヨマサさんにも手伝《てつだ》ってもらって3人《にん》で……。

あ、でもブロックの穴《あな》は小《ちい》さくて、３人《にん》で指《ゆび》をひっかけるのはむずかしいか。

「火花《ひばな》さん、このままじゃマズイよ。**もうすぐ雨《あめ》が降《ふ》るって、お天気《てんき》アプリから通知《つうち》がきてる**」

え……っ！

クルミくんのけわしい声《こえ》に空《そら》を見《み》あげると。

たしかに空《そら》は、さっきよりさらにどんよりとしてきていて、これはヤバい！

もしもいま、雨《あめ》が降《ふ》ってきたら、ビスケは溝《みぞ》の中《なか》に閉《と》じこめられたまま、おぼれちゃうかも！

「このブロックって、絶対《ぜったい》取《と》り外《はず》せないように作《つく》られてるのかな？」

「まさか、そんなわけないよ。だって、こういうのって工事《こうじ》の人《ひと》とかが、たまに取《と》り外《はず》して点検《てんけん》するでしょ」とクルミくん。

あ、そうか、そうだよね。

よく考《かんが》えたらわたしも、工事《こうじ》の人《ひと》がブロックをどかして作業《さぎょう》しているところ見《み》たことあるかも。

けど、かんじんの、外《はず》す瞬間《しゅんかん》を注意《ちゅうい》して見《み》たことはない。

どうして工事《こうじ》の人《ひと》にやり方《かた》をきいておかなかったかなあ……なんてそんなことありえないか。

話《はな》してる間《あいだ》にも空《そら》はどんどん暗《くら》くなって、地面《じめん》の下《した》からはニャーニャー声《こえ》が聞《き》こえてくる。

たとえ中《なか》にいる猫《ねこ》がビスケじゃなくても、ほうっておけないよね。

「どうしよう。どこかそのへんに、こういうのにくわしい人《ひと》が歩《ある》いてないかなあ」

「たしかにそんな人《ひと》がいてくれたら助《たす》かるけど、そうつごうよくはいかないよ」

たしかに、キヨマサさんのいうとおりだ。

けど、そしたらクルミくんが。

「そうか、知《し》ってる人《ひと》にきけばいいんだ……火花《ひばな》さん、スマホを出《だ》して！」

「ス、スマホ？」

「うん。このブロックの写真《しゃしん》を撮《と》るんだ。その写真《しゃしん》をＳＮＳにポストして外《はず》し方《かた》をきけば……」

「そっか！　ポストを見《み》た人《ひと》が、やり方《かた》を教《おし》えてくれるかもしれない！」

その手《て》があった！

キヨマサさんも感心《かんしん》したように、クルミくんを見《み》る。

「君《きみ》、やるねえ。けど、どうして自分《じぶん》のＳＮＳではポストしないの？」

「もちろんしますよ。けどオレよりも火花《ひばな》さんのほうが、たくさんの人《ひと》にフォローされてるから、効果《こうか》があると思《おも》うんです」

「それなら、あたしもやろう。フォロワーは、そこそこいるからね」

キヨマサさんもスマホを取《と》りだして、さっそくブロックの写真《しゃしん》を撮《と》りはじめる。

わたしも同《おな》じように撮影《さつえい》して、SNSの画面《がめん》を開《ひら》いた。

[急募《きゅうぼ》！ 猫《ねこ》を見《み》つけたけど、溝《みぞ》の奥《おく》に入《はい》って出《で》てきません。

だれかフタしてるブロックを外《はず》す方法《ほうほう》知《し》りませんかー!? #アオハルチャレンジ]

ポスト！

すると、すぐに反応《はんのう》があった。

[ブロックの下《した》に猫《ねこ》がいるんですか？ ケガしてないか心配《しんぱい》です]

[ドリルでこわしてるのを見《み》たことあるよ]

[これくらいの大《おお》きさだと、40～50キロあるはず。ハンマーでぶっこわせば？]

なるほどドリルやハンマーでこわせば……って、わたしたちにそんなことできないって！

勝手《かって》にこわしちゃまずいし、中《なか》にいるビスケが、あぶないかもしれないもの。

そこへ、新《あたら》しい返信《へんしん》がついた。

［すみません、力《ちから》になれそうにありません。けど、拡散《かくさん》しておきます。**みんなで協力《きょうりょく》して、#アオハルチャレンジを成功《せいこう》させましょう。**だれか知《し》ってる人《ひと》、猫《ねこ》を助《たす》けてあげて！］

「――――！」

そのコメントをくれたのは知《し》らないアカウントだったけど、すごくありがたい。

そうだよ、ブロックの外《はず》し方《かた》を教《おし》えてくれたら、わたしたちのチャレンジ達成《たっせい》に一役買《ひとやくか》うことができるんだよ。

ポストを見《み》たアオハルチャレンジャーたち、どうか力《ちから》を貸《か》して――――！

アオハルチャレンジャーが、何人《なんにん》いるのか。

どこのだれかは、知《し》らない。

どこに住《す》んでいて、なにをしているのかも知《し》らない。

でも、**#アオハルチャレンジ**っていう遊《あそ》びに注目《ちゅうもく》してくれる同士《どうし》は、**心《こころ》でつながったトモダチ**

だから――――！

そしたら……またきた、返信《へんしん》だ。

［写真見《しゃしんみ》ました。これなら排水用《はいすいよう》のスキマにバールをつっこんで持《も》ちあげたら、外《はず》れますよ］

き、きた、ブロックを外《はず》す方法《ほうほう》――――！

わたしは声《こえ》をあげながら、スマホをクルミくんとキヨマサさんに見《み》せる。

「なるほど、バールか」

「バールってあの、よくニュースで『犯人《はんにん》はバールのような物《もの》で窓《まど》ガラスを割《わ》った』なんて言《い》ってるあれだよね。こういう使《つか》い方《かた》もあるんだね」

「あの、火花《ひばな》さん。たぶんこういうのが、本来《ほんらい》の使《つか》い方《かた》だよ」

クルミくんにつっこまれちゃったけど、まあいいか。

「けどバールって、どこで手《て》に入《はい》るの？」

「オレも使《つか》ったことないけど……たぶんホームセンターにいけば売《う》ってると思《おも》う」

「それなら、大通《おおどお》り沿《ぞ》いにあるよ。あたしはここで様子《ようす》を見《み》ておくから、いってくるといい」

「えっ、いいんですか？」

キヨマサさん、最初《さいしょ》に連絡《れんらく》をくれてから、わたしたちがくるまで、ずっと待《ま》っててくれたのに。

その上《うえ》、さらにつきあってくれるなんて。

「ここまで首《くび》をつっこんだんだ、途中《とちゅう》でほっぽり出《だ》せないよ。気《き》にしないで早《はや》くいった」

「ありがとうございます。いこうクルミくん！」

どんよりした空《そら》の下《した》を、わたしとクルミくんは、かけだした。

18 走《はし》れ！　みんなの応援《おうえん》を力《ちから》に

全力疾走《ぜんりょくしっそう》でホームセンターに飛《と》びこみ、まっすぐにお店《みせ》の人《ひと》に突撃《とつげき》して、バールのある場所《ばしょ》をきいたおかげで、最速《さいそく》で買《か》うことができた。

「ヤバ、降《ふ》りだしたよ、クルミくん！」

お店《みせ》から出《で》ると、真《ま》っ黒《くろ》な空《そら》からは、すでにポツポツと雨《あめ》が降《ふ》りはじめてる。

どうせならカサもいっしょに買《か》っておけばよかったけど、いまさらしかたない。

あせりながらもとの場所《ばしょ》にもどると、キヨマサさんが気《き》づいて手《て》を振《ふ》ってくる。

「早《はや》かったね！　ちゃんと買《か》えた？」

「はい、バッチリです！　ビスケはどうですか!?」

「あいかわらず声《こえ》は聞《き》こえてるよ。けど、いそいだほうがいい」

よし、じゃあさっそく……あれ、クルミくん？

「……はァ……はァ……」

わたしよりかなり遅《おく》れて、息《いき》を切《き》らしたクルミくんが到着《とうちゃく》した。

走《はし》るのに必死《ひっし》だったから、気《き》づかなかったけど……もしかしてわたし、ペース速《はや》すぎた？

でも、ヨレヨレのクルミくんは、前《まえ》に進《すす》みでた。

「も、もちあげるの、オレがやります……２人《ふたり》は下《さ》がっててください」

だんだんと強《つよ》くなってきた雨《あめ》が、カサを持《も》ってないわたしたちをぬらしていく。

クルミくんは買《か》ってきたバールをブロックのスキマに差《さ》しこむと、力《ちから》を入《い》れた。

ガタッ
するといままでビクともしなかったブロックが、ほんの少《すこ》し浮《う》いた！

すごい、うまくいったかも！　よーし、これならきっと……って思《おも》ったけど。

「……ダメだ。これ以上《いじょう》あがらない……途中《とちゅう》でなにか引《ひ》っかかってるみたい」

「ええっ!?」

「ごめん、いったん下《お》ろすね」

全力《ぜんりょく》をこめていたクルミくんが、一度《いちど》おきあがり、「ふぅ――――」と深《ふか》くため息《いき》をついて、体勢《たいせい》を立《た》てなおそうとしている。

どうしよう？　これで解決《かいけつ》できると思《おも》ったのに……！

するとと、キヨマサさんが、クルミくんにむかって手《て》を差《さ》しだした。

「ちょっとそれ借《か》りるよ」

「え、どうするんですか？」

「こうするんだ！」

キヨマサさんは受《う》けとったバールを、思《おも》いきり振《ふ》りかぶった！

「ええっ、ちょっ……!?」

ガンッ！

バールが、ブロックの表面《ひょうめん》に直撃《ちょくげき》！　いったいなにを!?

「ビスケがビックリしますよ！」

事実《じじつ》、地面《じめん》の下《した》から「ギニヤッ!?」って変《へん》な声《こえ》が聞《き》こえてくる。

けどキヨマサさんは、たてつづけにバールを振《ふ》りおろしながら、説明《せつめい》してくれる。

「ビスケには少《すこ》しガマンしてもらうしかない。じつは君《きみ》たちがホームセンターにいってる間《あいだ》に、
あたしのSNSにも返信《へんしん》がきてたね。もしブロックのまわりが固《かた》まってて持《も》ちあがらなかったら、
こうやってたたくといいって、教《おし》えてもらったんだ。ゴミがつまってて動《うご》かしにくい場合《ばあい》がある

けど、振動《しんどう》を与《あた》えるとゴミがはがれて動《うご》くようになるってね！」

な、なるほど。そういうことか。

ガンッ！　ガンッ！　ガンッ！　ガンッ！

ビスケ、怖《こわ》いけどちょっとだけガマンして、おまえを助《たす》けるためなんだからね……！

「よし、もう1回《かい》ためしてみよう！」

しばらく叩《たた》いたあと、もう一度《いちど》クルミくんがチャレンジする。

そしたら今度《こんど》は。

「動《うご》いた！　さっきより持《も》ちあがってる！」

「ブロックと地面《じめん》との間《あいだ》にスキマができた。『灯《ともしび》』さん、支《ささ》えよう！」

「は、はいっ！」

キヨマサさんはしゃがむと、浮《う》かせたブロックの下《した》に指《ゆび》を入《い》れて、わたしもそれにならう。

ううっブロックの裏《うら》がぬるぬるねちょねちょしてて、雨《あめ》にぬれるのとは別《べつ》の気持《きも》ち悪《わる》さがある。

けどいまは、そんなこと言《い》ってられないよね。

「一気《いっき》にあげるよ。せーの！」

3人《にん》がかりで持《も》ちあげて……よ、よーし、外《はず》れた！

ブロックは、完全《かんぜん》に地面《じめん》から離《はな》れた。

あとはこれをどかせば……。

「よし、このままゆっくり下《お》ろして……あっ！」

さけんだのはキヨマサさん。

指《ゆび》をかけてたブロックの底《そこ》がスベったのか、支《ささ》えていた手《て》が離《はな》れた。

そして支《ささ》えが1つなくなったもんだから、残《のこ》ったわたしたちに一気《いっき》に重《おも》さがきた！

バランスがくずれて、ブロックは地面《じめん》にむかって急降下《きゅうこうか》。

激突《げきとつ》する瞬間《しゅんかん》ギリギリで、手《て》を離《はな》したけど……。

一瞬《いっしゅん》遅《おそ》くて、ほんの少《すこ》し、ブロックのはしがわたしの指《ゆび》をかすめちゃった。

「痛《つ》っ……！」

「火花《ひばな》さん!?」

「ゴメン、大丈夫《だいじょうぶ》!?」

「へ、平気《へいき》です」

って答《こた》えたものの、本当《ほんとう》はめっっっっちゃ痛《いた》い！

見《み》ると、皮膚《ひふ》がやぶれて血《ち》が出《で》てる。でも、これは自分《じぶん》でわかる。

「だいじょうぶ、骨《ほね》はやってないから！　それよりいまはビスケだよ！」

ブロックが外《はず》れたんだから、これで中《なか》をたしかめられる！

痛《いた》みをガマンして、ブロックが外《はず》れた場所《ばしょ》から溝《みぞ》の中《なか》をのぞきこむと……いたー！

奥《おく》の暗《くら》がりに見《み》えるのは、耳《みみ》に星形《ほしがた》のもようがある猫《ねこ》。

よかった、まちがいない。ビスケだ！

毛《け》は汚《よご》れているけど、水《みず》につかってはいないみたい。

「ビスケー、おいでー。こっちだよー」

制服《せいふく》が汚《よご》れるのもかまわずに、ケガしてないほうの手《て》を、穴《あな》の中《なか》につっこむ。

どうせカサもささずに作業《さぎょう》してるんだから、いまさらちょっと汚《よご》れたってかまわない。

だけど……。

「シャーッ！」

ビスケは威嚇《いかく》の声《こえ》をあげて、あとずさっちゃった。

あー、もう！　いまだけでいいから、なついてくれてもいいじゃない！

助《たす》けにきたんだからさー！

「火花《ひばな》さん、オレが代《か》わるよ」

「うん。でももう、ムリにでも抱《かか》えてひっぱりだすしかないかも」

交代《こうたい》して、今度《こんど》はクルミくんが手《て》をつっこむ。

お願《ねが》いビスケ。引《ひ》っかいたりかみついたりしないであげてね。

だけど心配《しんぱい》していると、クルミくんが力《ちから》ない声《こえ》を出《だ》す。

「ダメだ。ビスケまで手《て》が届《とど》かない」

「ええっ!?」

「もう少《すこ》し穴《あな》が大《おお》きければいいんだけど……」

たしかに、ブロック1つを外《はず》してできた穴《あな》は、そんなに大《おお》きなものじゃないから。

あんまり深《ふか》くまで手《て》を入《い》れられそうにない。

けど、それなら話《はなし》は簡単《かんたん》だよ。

「だったら、となりのブロックも外《はず》そうよ！」

もう1つブロックを外《はず》せば、穴《あな》の大《おお》きさは2倍《ばい》になる。それならビスケに届《とど》くはず！

けど、クルミくんは……。

「やろう。ただし、火花《ひばな》さんは休《やす》んでて」

「ええっ、どうして!?」

「だって手《て》、ケガしてるでしょ」

そ、そうだけど、いまはそんなこと言《い》ってられない、ちょっとガマンすれば……。

「――ほむらちゃん、むりしないで」

そのとき、うしろから声《こえ》がして、わたしの顔《かお》のそばに、白《しろ》いハンカチが差《さ》しだされた。

「ありがと……って、えっ？」

ふりむいて、わたしはそのまま固《かた》まった。

だって、そこに立《た》っていたのは……。

「早苗《さなえ》……!?」

なんで……どうしてここにいるの!?

早苗《さなえ》はカサをさしながらわたしにハンカチを差《さ》しだしてるけど、気《き》まずいのか目《め》はそらしてる。

「だれ、この子《こ》？　知《し》り合《あ》い？」

「えっと……この人《ひと》が、ビスケの飼《か》い主《ぬし》です」

クルミくんがキヨマサさんに説明《せつめい》して、わたしは早苗《さなえ》にたずねる。

「ど、どうして早苗《さなえ》が、ここにいるの？」

「そ、そりゃあくるよ。私《わたし》の知《し》らないうちにSNSで、ビスケのことが話題《わだい》になってたんだもの。この『灯《ともしび》』ってアカウント、ほむらちゃんでしょ？」

スカートのポケットから、スマホを取《と》りだしてくる。

するとそこに映《うつ》っていたのは、紛《まぎ》れもなくわたしのアカウント、『灯《ともしび》』だった。

「勝手《かって》にビスケを探《さが》しててごめんね。よけいなお世話《せわ》だった？」

「そ、そうじゃないけど……こんなにたくさんの人《ひと》が心配《しんぱい》してくれてるのに、じっとしてられないでしょ」

「待《ま》って。こんなにたくさんって、なんのこと？」

「ひょっとして、気《き》づいてないの？　ほらこれ」

スマホの画面《がめん》を、クルミくんやキヨマサさんも覗《のぞ》きこむ。

表示《ひょうじ》されているのはさっきの、ブロックの外《はず》し方《かた》をたずねるポスト。

そして、それにつづくコメントには——

[猫《ねこ》ちゃん無事《ぶじ》かな!?　がんばってください！]

[手伝《てつだ》いにいけないけど、応援《おうえん》しています]

[いままで一番成功《いちばんせいこう》してほしいチャレンジだ]

[北海道《ほっかいどう》からパワーを送《おく》ります]

[力《ちから》をあわせて、チャレンジ達成《たっせい》してください！]

って、なにこれ!?

わたしたちを応援《おうえん》する返信《へんしん》が、山《やま》のようにきてるんだけど!?

いそがしくて、バールを使《つか》うってとこまでしか見《み》ていなかったけど、いつの間《ま》にかすごいことになってる！

なに？　わたしたちが、雨《あめ》の中《なか》で奮闘《ふんとう》していたこの瞬間《しゅんかん》、SNS上《じょう》では、これだけたくさんの人《ひと》が見守《みまも》ってくれてたってこと!?

こうしている間《あいだ》にも、コメントはどんどん増《ふ》えていく。

そしてコメントをくれた人《ひと》の中《なか》には、見《み》おぼえのある名前《なまえ》もあった。

これは……千鶴《ちづる》や星野《ほしの》のアカウントだ。

[こんなときに部活抜《ぶかつぬ》けられないなんてー！　けど灯《ともしび》なら、大丈夫《だいじょうぶ》って信《しん》じてるよ]

[あーっ！　いますぐかけつけたい！　オレのぶんまでがんばってくれ！]

いままで気《き》づいてなかったけど、２人《ふたり》とも応援《おうえん》してくれてたんだ。

たくさんの応援《おうえん》メッセージを見《み》ていると、胸《むね》にジーンと熱《あつ》いものがこみあげてくる。

少《すこ》しでもビスケが見《み》つけられる確率《かくりつ》があがるならって、ペット探《さが》しをアオハルチャレンジにしてみたけど。

こんな大勢《おおぜい》の人《ひと》が、心《こころ》を動《うご》かしてくれたなんて……！

「こんなにたくさんの人《ひと》が応援《おうえん》してるのに、飼《か》い主《ぬし》の私《わたし》がなにもしないわけにいかないじゃない」

早苗《さなえ》に、どうこたえていいかわからず黙《だま》っちゃったそのとき、キヨマサさんが割《わ》りこんできた。

「お取《と》り込《こ》み中《ちゅう》すまない。話《はなし》はあとにして、いまは早《はや》くビスケくんを助《たす》けてあげないか」

……！　そうだった!!

「は、はい、ありがとうございます！　私《わたし》が、ほむらちゃんのかわりにやります！」

早苗《さなえ》はさしていたカサをわたしにわたすと、さっきわたしがやってたみたいに、クルミくんたちと協力《きょうりょく》して、ブロックを外《はず》していく。

２つ目《め》のブロックをどかすと、開《あ》いた穴《あな》に早苗《さなえ》は思《おも》いきりよく腕《うで》をつっこんだ。

「ビスケ、もうだいじょうぶだよ。こっちにおいで」

早苗《さなえ》らしい、やさしい声《こえ》。

早苗《さなえ》のこんな声《こえ》をきいたの、いつぶりだろう。

やがて早苗《さなえ》は、溝《みぞ》から腕《うで》を引《ひ》きぬいたけど、その手《て》の中《なか》には……。

「ニャ～」

「「「**やった――――!!!**」」」

わたし、キヨマサさん、そしてクルミくんは、おもわずハイタッチをする。

ビスケは、体《からだ》は濡《ぬ》れてて、毛《け》はゴワゴワ。

だけど早苗《さなえ》の腕《うで》の中《なか》で、安心《あんしん》したように鳴《な》いている。

「ビスケ～～～～！」

早苗《さなえ》は、制服《せいふく》が汚《よご》れるのもかまわずにギュッと抱《だ》きしめる。

そんな顔《かお》を見《み》ると、１００％《パーセント》、よかったねって気持《きも》ちになるからふしぎ。

すると早苗《さなえ》は顔《かお》をあげて、まっすぐにわたしを見《み》た。

その瞳《ひとみ》の中《なか》に、涙《なみだ》がいっぱいたまってる。

「ほむらちゃん……ありがとう、ビスケを助《たす》けてくれて。それに……いろいろあったのに、私《わたし》のために、こんなに……」

「…………」

どんな顔《かお》で、どんな返事《へんじ》をすればいいかなんてわからない。

なんとも言《い》えない空気《くうき》が流《なが》れたとき、クルミくんがひかえめな声《こえ》で口《くち》をはさんだ。

「せっかくだけど、仲直《なかなお》りはあとにしよう。雨《あめ》が強《つよ》くなってきたし、まだブロックをもどすのが残《のこ》ってる」

あ、そうだった！

ちゃんともどしておかないと、このままじゃあぶないよね！

「それじゃあ、いそいでブロックを……」

「ちょっと待《ま》ったー！」

「えっ？　な、なんですか、キヨマサさん!?」

「その前《まえ》に大事《だいじ》なことを忘《わす》れてない？　アオハルチャレンジャーのみんなが見守《みまも》ってくれてたんだ。助《たす》けたって証拠《しょうこ》の写真《しゃしん》を撮《と》っておいてお知《し》らせしないと、みんなが心配《しんぱい》しっぱなしだよ！」

あっ、そうだった！

SNSを見《み》てるだけの人《ひと》たちには、状況《じょうきょう》が分《わ》からないもんね。

あわててスマホを見《み》ると、さらにコメントは増《ふ》えつづけていた。

［猫《ねこ》は助《たす》けられたかにゃ？］

［無事《ぶじ》に飼《か》い主《ぬし》のところにもどれますように！］

「これは早《はや》いとこ報告《ほうこく》しなきゃね。ビスケの写真《しゃしん》、撮《と》っていい？」

「うん！」

早苗《さなえ》は泣《な》き笑《わら》いの顔《かお》で、ビスケの顔《かお》が見《み》えるよう抱《かか》えるむきを変《か》えてくれる。

わたしたちはそれに、カメラをむける。

「じゃあいくよ、**#行方不明《ゆくえふめい》のペットを探《さが》す**　チャレンジ、大成功《だいせいこう》！」

わたしたちはそれを、世界《せかい》にむけて発信《はっしん》した。

19 ほどける心《こころ》とお人好《ひとよ》し

ブロックをもどし終《お》えると、キヨマサさんが自分《じぶん》の格好《かっこう》を見《み》て、苦笑《にがわら》いをする。

「全身《ぜんしん》ボロボロだね、こりゃ怒《おこ》られるかな。あたしは、ここで帰《かえ》るよ」

「はい。手伝《てつだ》ってくれて、ありがとうございました」

「オレもこのまま帰《かえ》るけど、火花《ひばな》さんはどうする？」

聞《き》いてきたクルミくんに、じゃあわたしもって答《こた》えようとしたけど……。

「あの……ほむらちゃん。よかったらうち、よっていって」

「えっ？」

早苗《さなえ》はじっとわたしを見《み》てくるけど、どう返事《へんじ》をしたらいいか。

けど、クルミくんが、**ポンッ**て背中《せなか》を押《お》してくれた。

「火花《ひばな》さん、そうさせてもらいなよ。このままだとカゼひいちゃうし……火花《ひばな》さんも、話《はな》したいことがあるんじゃないの？」

「う、うん……」

まだちょっと緊張《きんちょう》するけど、クルミくんが微笑《ほほえ》みながら手《て》をふってくれて……ありがとう、勇《ゆう》気《き》がでたよ。

クルミくんやキヨマサさんと別《わか》れて、むかったのはひさしぶりにいく早苗《さなえ》の家《いえ》。

シャワーを使《つか》わせてもらって、借《か》りた服《ふく》を着《き》て早苗《さなえ》の部屋《へや》にいくと、早苗《さなえ》は気持《きも》ちよさそうに眠《ねむ》るビスケをながめていた。

「ビスケ、大丈夫《だいじょうぶ》そう？」

「うん。ケガもないし、体《からだ》ふいてたら寝《ね》ちゃった。そうだ、ほむらちゃん。手《て》、ケガしてたよね？」

こんなの大《たい》したことない……って、言《い》ったんだけど。

早苗《さなえ》はすぐに救急箱《きゅうきゅうばこ》を持《も》ってきて、わたしの指先《ゆびさき》にばんそうこうをまいてくれた。

……こうして近《ちか》くにいると、なんだか昔《むかし》にもどったみたい。

早苗《さなえ》の、こういう、こまやかでやさしいところが、好《す》きだったなあ。

「これ、腫《は》れちゃうかもね。痛《いた》みが強《つよ》くなったらお医者《いしゃ》さんいってね」

「うん、ありがと」

「それと……いまさら遅《おそ》いのは分《わ》かってるけど……ほむらちゃん、小学校《しょうがっこう》のときはごめんなさい」

「――っ！」

深《ふか》く頭《あたま》を下《さ》げてくる早苗《さなえ》。

でも、わたしにとってあの黒歴史《くろれきし》は、深《ふか》い心《こころ》の傷《きず》。

すぐにはなにもこたえられずにいたら、早苗《さなえ》が、ぽつりぽつりと話《はな》しはじめる。

「……トウヤくんの好《す》きな人《ひと》がほむらちゃんだって知《し》って。ほむらちゃんが悪《わる》いわけじゃないって、わかってたけど……どうしても、モヤモヤして……気持《きも》ちをはき出《だ》したくて……」

「それで掲示板《けいじばん》に、書《か》いたの？」

「うん……けどまさかみんなが、あんなふうにさわぎだすなんて。ほむらちゃんの名前《なまえ》もだしてなかったのに、いつの間《ま》にかどんどん話《はなし》が大《おお》きくなって、気《き》づいたら手《て》に負《お》えないくらいエスカレートしちゃって……」

つらそうな顔《かお》でうつむいたけど……待《ま》って。

それじゃあ早苗《さなえ》は、わたしを悪者《わるもの》にしようとしてたわけじゃなかったってこと？

「ほむらちゃんが私《わたし》をいじめてたなんて、あるわけないのに……止《と》められなくてごめんなさい」

……そうか、早苗《さなえ》は一度《いちど》も「いじめられてた」って言《い》ってなかったんだね。

だけど勝手《かって》にウワサに尾《お》ひれがついて。

あるいは、気《き》づかないうちに生《は》やして。

悪気《わるぎ》があったわけじゃないけど、みんなの中《なか》でわたしは、早苗《さなえ》をいじめたひどいやつって認識《にんしき》になっていったのか。

「それで、気《き》まずくなって、わたしを避《さ》けてたの？」

「みんなに本当《ほんとう》のことを言《い》いだせないまま、私《わたし》のせいで、ほむらちゃんの小学校時代《しょうがっこうじだい》をサイアクにしちゃったでしょ。だから、どんな顔《かお》をしてたらいいのか、わからなくて……」

「なら、この前《まえ》わたしに、『調子《ちょうし》に乗《の》らないほうがいい』なんて言《い》ってきたのは⁉」

「そ、それは……ほむらちゃんのことを『気《き》に入《い》らないね』って言《い》いだした子《こ》がいたから。小学生時代《しょうがくせいじだい》のことを、SNSにさらしてやろうなんて言《い》う子《こ》もいて。止《と》めたら、やめてくれたんだけど、またやるかもしれなくて、こわかったから」

「じゃ、じゃああれは、本気《ほんき》でわたしを心配《しんぱい》してたってこと⁉」

早苗《さなえ》はだまったまま、うつむいてる。

な、な～～～んだ！

早苗《さなえ》は本当《ほんとう》に、わたしのことを守《まも》ろうとしてくれてたんだ。

「……いつかちゃんと謝《あやま》らないとって思《おも》ってたのに、機会《きかい》がなくて……それなのに、ビスケを助《たす》けてくれて。ありがとう、ほむらちゃん」

ずっと胸《むね》につっかえていたものが、スーッと消《き》えたような気《き》がする。

ようやく、１％《パーセント》のモヤモヤもないスッキリした気持《きも》ちで、早苗《さなえ》ちゃんを見《み》ることができた。

「ビスケは、知《し》らない猫《ねこ》じゃないしね。もう気《き》にしなくていいよ、早苗《さなえ》ちゃん！」

「いまさらだけど私《わたし》、ちゃんとみんなの誤解《ごかい》とくから。ほむらちゃんはなにも悪《わる》くないって、私《わたし》のせいなんだって……」

「ううん、早苗《さなえ》ちゃん、待《ま》って！」

早苗《さなえ》ちゃんの気持《きも》ちは、うれしい。

ずーっと誤解《ごかい》されっぱなしでくやしかったもの。

だけど……たとえ誤解《ごかい》がとけても、エミたちと「それじゃあまた、なかよくしようね」って、仲直《なかなお》りできる？

そしてなにより、ヘタしたら今度《こんど》は早苗《さなえ》ちゃんが、ウソつき扱《あつか》いされないかが心配《しんぱい》。

もしも早苗《さなえ》ちゃんのいまを、こわしてしまうかもしれないのなら……。

「――――誤解《ごかい》、とかなくていいよ」

「ええっ！　で、でも……」

「といたところで、昔《むかし》みたいにはもどれないもの。それより、わたしと早苗《さなえ》ちゃんのいまいる場《ば》所《しょ》を、大事《だいじ》にしよう」

わたしは、いまのわたしで満足《まんぞく》してるから大丈夫《だいじょうぶ》だよ。

早苗《さなえ》ちゃんはビックリしてたけど、すぐにクスリと笑《わら》う。

「……前《まえ》から思《おも》ってたけど、ほむらちゃんってお人好《ひとよ》しだよね」

「かもね。だってわたしは『八方美人《はっぽうびじん》』だもの。ダレにでもいい顔《かお》するのがデフォルトなの」

「ぷっ、なにそれ」

こらえきれなくなったのか早苗《さなえ》ちゃんが吹《ふ》きだして、わたしも笑《わら》った。

「そうだ。そのかわり、1つだけお願《ねが》いがあるんだ。さっきクルミくんとアオハルチャレンジやってたこと、ナイショにしておいてくれない？」

「え？　いいけど……でもどうして？」

「クルミくん、クラスで静《しず》かにすごしたいって人《ひと》で、わたしもそれを尊重《そんちょう》したいの。けどもしわたしといっしょにいたことで、さわがれでもしたら……ね」

「うん、わかったよ」

早苗《さなえ》ちゃんがうなずいてくれてひと安心《あんしん》。

ウワサが一人歩《ひとりある》きすることの怖《こわ》さは、おたがいよーくわかったからね。

あんなのはもうこりごりだよ。

「ほむらちゃん……あのときは本当《ほんとう》にゴメン。もしもまたほむらちゃんがイヤな思《おも》いをしそうになったら、今度《こんど》は絶対《ぜったい》に止《と》めるから」

「うん……そのときはお願《ねが》いね」

早苗《さなえ》ちゃんと目《め》を見《み》あわせて微笑《ほほえ》みあう。

早苗《さなえ》ちゃんと、前《まえ》みたいな「親友《しんゆう》」にもどるのは、むずかしいかもしれない。

明日《あした》からも、表面上《ひょうめんじょう》はいままでとなにも変《か》わらないのかも。

でも、もう廊下《ろうか》で会《あ》ったとき、心臓《しんぞう》がすくみあがらなくてすむ。

もしかしたら、笑顔《えがお》ですれちがえるかも。

ずーっと胸《むね》の奥《おく》にあったしこりが、溶《と》けて消《き》えていく気《き》がした。

20 だれも知《し》らない、わたしたちのアオハル

――ねえ、#アオハルチャレンジ　って知《し》ってる？
最近《さいきん》SNSで流行《はや》っている、だれでも参加《さんか》できる遊《あそ》びなんだけど、この前《まえ》ね……。

あの救出劇《きゅうしゅつげき》から2日後《かご》。
昼休《ひるやす》みに教室《きょうしつ》にいたわたしのスマホに、キヨマサさんからメッセージが届《とど》いた。
［この前《まえ》のビスケくん救出《きゅうしゅつ》のポスト、大変《たいへん》なことになってるね。おかげで耳《みみ》タコになるくらい、質問攻《しつもんぜ》めにあったよ］
［わたしも似《に》たような感《かん》じです。朝《あさ》から何度《なんど》も話《はなし》を聞《き》かれました］
［まるでちょっとしたヒーローだね。彼《かれ》にもよろしく言《い》っておいてよ］

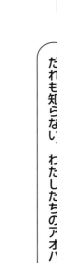

[はーい、分《わ》かりましたー]

キヨマサさんとは、あのときしか会《あ》ってないし、高校生《こうこうせい》だし、本名《ほんみょう》も、住《す》んでるところも知《し》らない。

なのに、まるで、ずーっと昔《むかし》から知《し》ってる友《とも》だちみたいに、話《はな》せるようになってるよ……。

「ほむら、なにしてるの？」

声《こえ》をかけてきたのは千鶴《ちづる》。それに、星野《ほしの》だ。

「ああ、この前《まえ》、猫《ねこ》を助《たす》けたときに協力《きょうりょく》してくれた人《ひと》からメッセージがきてね」

「火花《ひばな》といっしょにチャレンジしてたあの人《ひと》か！　どんな人《ひと》だったんだ？　くわしく聞《き》かせろよ」

「ゴメーン。個人情報《こじんじょうほう》だから、勝手《かって》に話《はな》せないの」

「えーなんだよ。ま、しかたねーか」

うん、残念《ざんねん》だけど、こればかりはね。

ネットの世界《せかい》だからこそ、マナーは守《まも》らないと。

これくらいいいか……なんてかるい気持《きも》ちでベラベラしゃべって、思《おも》わぬかたちでトラブルがおきたらイヤだもの。

それにしても……あれから、すごいことになったなあ。

#迷子《まいご》のペットを見《み》つける　というアオハルチャレンジは、過去最高《かこさいこう》の難易度《なんいど》だったと思《おも》う。
けど何人《なんにん》かの人《ひと》が、**#チャレンジ成功《せいこう》**　ってポストを上《あ》げていた。

みんな一生懸命《いっしょうけんめい》、迷子《まいご》になったペットを探《さが》して、結果何匹《けっかなんびき》も、飼《か》い主《ぬし》のもとに帰《かえ》してあげることができた。

その結果《けっか》アオハルチャレンジは広《ひろ》く拡散《かくさん》されて、たくさんの人《ひと》が反応《はんのう》してくれたの。

ペットがもどってきた人《ひと》からのお礼《れい》のポストも、上《あ》げられている。

ふふっ。

アオハルチャレンジをはじめて、本当《ほんとう》によかった！

ネットって、こわいこともあるけど。

みんなのやさしい気持《きも》ちが繋《つな》がって、すごく素敵《すてき》なこともおこる場所《ばしょ》なんだね。

「それにしても、ほむらのチャレンジ成功《せいこう》で、ますます盛《も》りあがってるじゃん。なんか『**人気《にんき》の火付《ひつ》け役《やく》**』って感《かん》じ」

「ひ、火付《ひつ》け役《やく》っ？」

おもわず、「炎上《えんじょう》のほむら」って悪名《あくめい》を思《おも》いだして、ドキッとする。

事情《じじょう》を知《し》らない千鶴《ちづる》が、小首《こくび》をかしげてのぞきこんできた。

「そ。……あ、なんかイヤだった？」

「ううん、ぜんぜん！」

火付《ひつ》け役《やく》のほむら……か。

ちょっとはずかしいけど、なんかうれしいや。

ただ、アオハルチャレンジが盛《も》りあがったのはうれしいけど。

じ、じつは1つ、あたらしい問題《もんだい》も生《う》まれてるんだよね……。

「あー！ 絶対《ぜったい》オレもデカいチャレンジを成功《せいこう》させて有名《ゆうめい》になるぞー！ 次《つぎ》のお題《だい》はまだかー!?」

星野《ほしの》の言葉《ことば》に、ドキリとする。

うーん、それなの、次《つぎ》のお題《だい》……。

じつはさ、ビスケが見《み》つかって、クルミくんとの距離《きょり》もちぢまったし……。

青春仕掛け人《せいしゅんしかけにん》、もうやめてもいいかなーなんて、思《おも》っていたんだよね。

でも……。

アオハルチャレンジは過去《かこ》イチの盛《も》りあがりで……と、とてもやめられる雰囲気《ふんいき》じゃないよ～！

そんなことを考《かんが》えていたとき、ピコンとスマホに通知《つうち》が届《とど》いた。

見《み》てみると……え、クルミくん!?

「がんばってね、青春《せいしゅん》仕《し》掛《か》け人《にん》さん。次《つぎ》のアオハルチャレンジ、オレも楽《たの》しみにしてるから」

「…………！！」

メッセージにビックリして、あわててクルミくんの席《せき》に目《め》をむける。

彼《かれ》はあいかわらず1人《ひとり》でいたけど……かすかにこっちに顔《かお》をむけて、小《ちい》さく手《て》を振《ふ》ってる。

はうっ！　や、やっぱり期待《きたい》されてるー!?

でも……でもね……。

「新《あたら》しいチャレンジを出《だ》したいのはやまやまだけどさ。どうしよー、もうお題《だい》のネタがうかばないんだよー！」

だって、もともと深《ふか》く考《かんが》えずにはじめちゃったんだもん。

アイディアなんて、そんなホイホイうかぶわけないじゃない！

すっかり枯渇《こかつ》しちゃってるよー！

心《こころ》の中《なか》で弱音《よわね》をはいていると、さらにメッセージが届《とど》いた。

［だったら、オレもいっしょに考《かんが》えていいかな？　チャレンジするだけでなく、ネタを考《かんが》えるのもおもしろそうだし］

「！」

わああっ、クルミくんが協力《きょうりょく》してくれるなら百人力《ひゃくにんりき》だよ！

うれしくて笑《え》みをこぼすと、千鶴《ちづる》がのぞきこんでくる。

「ほむら、ダレと話《はな》してるの？」

「あ。え、えーと……この前《まえ》アオハルチャレンジに協力《きょうりょく》してくれた人《ひと》と、ちょっとね」

とっさにごまかしたけど、ウソは言《い》ってない。

クルミくんだって、あのとき協力《きょうりょく》してくれてた人《ひと》には、ちがいないもんね。

同《おな》じ教室《きょうしつ》にいるのに、まるでナイショ話《ばなし》をしてるみたい。

前《まえ》はクルミくんを、わたしたちのグループに交《ま》ぜられたら、

なんて思《おも》ってたけど。
2人《ふたり》だけのヒミツっていうのも、なんだかうれしい。
［ありがとうクルミくん。放課後《ほうかご》また部室《ぶしつ》にいっていい？］
［もちろん。折笠《おりがさ》さんと仲直《なかなお》りできたんだよね。その話《はなし》もききたいな］
［もちろん！］

#アオハルチャレンジ。
それは毎日《まいにち》をもっともっと、１００％《パーセント》フレッシュに楽《たの》しむための、わたしたちの挑戦《ちょうせん》。
だれも知《し》らない秘密《ひみつ》の青春《アオハル》は、まだまだつづいていくよ！

『アオハル１００％』②につづく

あとがき

はじめまして、無月蒼《むつきあお》といいます！

ほむらたちの物語《ものがたり》、いかがでしたか？　楽《たの》しそうですねー。

自分《じぶん》もこんな青春《せいしゅん》を、送《おく》りたかったです！

実《じつ》のところ、自分《じぶん》はほむらと同《おな》じ中学生《ちゅうがくせい》のころは、ず——っと本《ほん》ばかり読《よ》んでいました。

そして自分《じぶん》もいつか、物語《ものがたり》を書《か》きたいと思《おも》っていたのですが、ちーっとも書《か》きはじめることはなく。はじめて小説《しょうせつ》を書《か》いたのは、実《じつ》は大人《おとな》になってからでした。

ほかの作家《さっか》の方《かた》と比《くら》べると、遅《おそ》めのスタートかもしれません。

ですがなにかをはじめるのに、遅《おそ》すぎるということはないのです！

この本《ほん》のサブタイトルに『行動《こうどう》しないと青春《せいしゅん》じゃないぜ』とありますけど、もしかしたら小説《しょうせつ》を書《か》こうと行動《こうどう》したそのとき、自分《じぶん》の青春《せいしゅん》は再《ふたた》びはじまったのかもしれません。

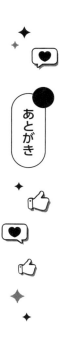

その結果《けっか》、こうして角川《かどかわ》つばさ文庫《ぶんこ》から本《ほん》を出《だ》すことができてうれしい！

金賞《きんしょう》に選《えら》んでくださった角川《かどかわ》つばさ文庫《ぶんこ》小説賞《しょうせつしょう》の選考委員《せんこういいん》の先生方《せんせいがた》、担当編集《たんとうへんしゅう》Ａさん、素敵《すてき》なイラストを描《えが》いてくださった水玉子先生《みずたまこせんせい》、本当《ほんとう》にありがとうございます！


さて、みなさんにお知《し》らせが２つ。

１つめは、２０２４年《ねん》11月《がつ》発売予定《はつばいよてい》の『おもしろい話《はなし》、集《あつ》めました。Ⓒ《クローバー》』に短編《たんぺん》が収録《しゅうろく》されること！

ほむらとクルミくんが新《あら》たなチャレンジをするほか、ほむらの特技《とくぎ》・スケボーが披露《ひろう》されます！

そして２つめ。話《はなし》の最後《さいご》でほむらが「アオハルチャレンジのネタがうかばない」ってあわてていましたけど、読者《どくしゃ》のみなさん、助《たす》けてもらえませんか？

＃読者《どくしゃ》の考《かんが》えたアオハルチャレンジ　として募集《ぼしゅう》します。

あなたの考《かんが》えたお題《だい》を、お手紙《てがみ》やはがきで送《おく》ってください。もしかしたら、お話《はなし》の中《なか》でほむらたちがチャレンジするかもしれません。

また、あとがきで紹介《しょうかい》したいので、公開《こうかい》していいペンネームを、わすれずに添《そ》えてください。

あなたが　＃アオハルチャレンジ　をしてみた体験談《たいけんだん》なども教《おし》えてくれたらうれしいです。

それでは、ほむらとクルミくんを、これからもどうかよろしくお願《ねが》いします。

また『アオハル１００％』２巻《かん》で、お会《あ》いしましょう！

無月《むつき》　蒼《あお》

次回予告《じかいよこく》

ほむら

クルミくん、**#アオハルチャレンジ**のお題《だい》、
いっしょに考《かんが》えてくれるの助《たす》かるよー！

クルミ

読者《どくしゃ》さんたちからも、アイディアもらえたらいいね。

ほむら

うん、みんな送《おく》ってね！　作者《さくしゃ》が、お題《だい》を採用《さいよう》したら、あとがきで
それを**考《かんが》えた人《ひと》のお名前《なまえ》を紹介《しょうかい》したい**って言《い》ってるから。
あとがきにのせてもいい名前《なまえ》をそえて、送《おく》ってほしいな。
……ところでクルミくん。さっき作者《さくしゃ》にきいたけど、
次《つぎ》の巻《かん》には、**すごいインフルエンサー**が登場《とうじょう》するんだって！

クルミ

「**インフルエンサー**」って「**人《ひと》に影響《えいきょう》をあたえる
大《おお》きな力《ちから》がある人《ひと》**」って意味《いみ》だよね……。
たしかにSNSのフォロワーはかなり多《おお》いけど、
ただの**オレの友《とも》だち**だよ？

ほむら

えっ、クルミくんの友《とも》だち!?

クルミ

まあ、オレの友《とも》だちってほとんどいないから、
貴重《きちょう》な存在《そんざい》ではあるかな？

ほむら

（わたしもクルミくんの友《とも》だちだと思《おも》って
もらえてるよね？　って、きけない……）

**ほむらは、そんなインフルエンサーと、
まさかの大《だい》バトルをくりひろげることに!?**

どうするほむら、どうなるアオハルチャレンジ！

待《ま》て次巻《じかん》『アオハル100%《パーセント》②』

お楽《たの》しみに！

無月《むつき》 蒼先生《あおせんせい》、水玉子先生《みずたまこせんせい》へのお手紙《てがみ》はこちらへ！

〒102-8177　東京都千代田区富士見2-13-3
株式会社KADOKAWA　角川つばさ文庫編集部「無月 蒼先生」「水玉子先生」
先生それぞれべつの便せんで送ってね。

角川つばさ文庫

無月 蒼／作
熊本出身の福岡在住。趣味は犬や猫など動物の動画を見ることと、読書。ヒヤッとするオカルト話も、キュンとする恋の話も好き。小説投稿サイト「カクヨム」で執筆をはじめ、本書で第12回角川つばさ文庫小説賞一般部門金賞を受賞（投稿時タイトル「アオハルチャレンジ！」を加筆修正しました）。

水玉子／絵
５月23日生まれのイラストレーター。愛知県出身。イラストを担当した書籍に『かのこちゃんとマドレーヌ夫人』（角川つばさ文庫・たまこ名義）、「ララ姫はときどき☆こねこ」シリーズ（Gakken）、「テイマー姉妹のもふもふ配信」シリーズ（オーバーラップノベルス）などがある。

角川《かどかわ》つばさ文庫《ぶんこ》

アオハル100%《パーセント》
行動《こうどう》しないと青春《せいしゅん》じゃないぜ

作《さく》　無月《むつき》 蒼《あお》
絵《え》　水玉子《みずたまこ》

2024年10月９日　初版発行

発行者　山下直久
発　行　株式会社KADOKAWA
〒102-8177　東京都千代田区富士見 2-13-3
電話　0570-002-301（ナビダイヤル）
印　刷　大日本印刷株式会社
製　本　大日本印刷株式会社
装　丁　ムシカゴグラフィクス

ISBN978-4-04-632339-2　C8293　　N.D.C.913　199p　18cm

●お問い合わせ
https://www.kadokawa.co.jp/（「お問い合わせ」へお進みください）
※内容によっては、お答えできない場合があります。
※サポートは日本国内のみとさせていただきます。
※Japanese text only

読者のみなさまからのお便りをお待ちしています。下のあて先まで送ってね。
いただいたお便りは、編集部から著者へおわたしいたします。

〒102-8177　東京都千代田区富士見 2-13-3　角川つばさ文庫編集部